KB171120

10% 행복사과

10% 행복사과

히스이 고타로 · 김소연 옮김

인빅투스

🍎 시작하며

1991년 가을이었습니다.
잇단 태풍으로 아오모리 현의 사과가 90%나
떨어지고 말았습니다.
90%나 되는 작황 피해로
사과 농가는 의욕을 잃고 비탄에 잠겼습니다.
텔레비전에서도 연일 방송을 했으니
아마 기억하는 분들도 많으리라 생각합니다.

그런데 그때,
의욕을 잃지도, 비탄에 잠기지도 않은
한 사람이 있었습니다.

괜찮아, 괜찮다고.
사과가 떨어져 팔 수 없게 됐는데도 왜 괜찮다고 했을까요?
이야기는 이렇습니다.

"떨어지지 않은 사과를
『**떨어지지 않는 사과**』라는 상표로
수험생들에게 팔자. 한 개에 천 엔씩!"

그런데, 그 비싼 사과가 날개 돋친 듯 팔려나갔습니다.
'떨어지지 않는 사과!' 라며 수험생들의 기대감은 대단했지요.

그 농부는 땅에 떨어진 90%를 의식하지 않고,
떨어지지 않은 10%의 사과를 보았던 것입니다.

보는 방법이 달랐던 것입니다.

보는 방법이 달랐던 것입니다.

보는 방법이 달랐던 것입니다.

똑같은 상황인데 의욕을 잃고 비탄에 잠기는 사람이 있습니다.
똑같은 상황인데 즐겁게 돈도 벌고 인기도 많은 사람이
있습니다.
어디를 보느냐에 따라 인생은 이렇게도 다릅니다.
보는 법이 달라지면 인생도 순식간에 달라집니다.

태풍에 떨어진 사과.

이건 좋고 나쁨이 아니라,
변치 않는 하나의 사실입니다.
하지만 이를 어떻게 보고, 어떻게 받아들이느냐는

당신의 자유입니다.
그렇다면,

**기왕이면 인생이 즐거워지는 방향을
선택하는 것이 낫지 않을까요?**

돈을 버는 방법을 알고 싶나요?
지금 당장 행복해지는 마음 자세를 알고 싶나요?
앞의 사과 이야기는 심리학 전문 고바야시 세이칸小林正観 박사로
부터 들은 이야기입니다.
그리고 이 책은 다양한 인생의 달인들로부터 배운

인생을 바꾸는 사물을 보는 법, 관점을
행복, 일, 돈, 연애 부분으로 나누어 소개하고 있습니다.
이야기마다 다른 내용이 들어 있으므로
어디부터 읽어도 괜찮습니다.

이 책의 마지막 책장을 덮을 즈음이면
당신은 즐겁고 소소하면서 상쾌한 행복감에
흠뻑 젖어 있을지도 모릅니다.

그렇습니다.
행복에는 이유가 없습니다.
왜냐하면
행복은 **'해지는 것'** 이 아니라
'깨닫는 것' 이기 때문입니다.

감사의 글

이 책은 제 인생에 큰 영향을 준
인생의 달인들로부터 배운
70편의 이야기 모음집입니다.
먼저 그분들께 감사의 인사를 전하고 싶습니다.
감사합니다!
매편마다 출전을 표시해 두었으니,
더 깊은 가르침을 원하는 분은
반드시 이 달인들의 책을 읽어보시기 바랍니다.
이 책의 제작에 결정적인 영향을 주신 분은
'사물을 보는 법'의 달인이라 할 만한 심리 연구가(심리학,
사회학, 교육학 박사이며 여행 작가이기도 한) 고바야시 세이칸
박사입니다.

'사물을 보는 법' 하나로 인생이 한순간에 달라진다는 사실을
고바야시 박사로부터 배웠습니다.

다시 한 번 감사의 뜻을 전합니다.

차례

행복

일

돈

연애 ♥ ♥

· · · · · · · · · · · ·

행복

· · · · · · · · · · · ·

3초 만에 행복해지는 방법

요즘 심리학 전문가 고바야시 세이칸 박사에게서
심리학을 배우고 있는데, 그분께 이런 이야기를 들었다.
박사는 식당을 하는 어느 경영자로부터
상담 의뢰를 받았다.

"저녁 식사 후에 저는 얼른 정리를 하고 싶은데,
손님이 좀처럼 자리에서 일어나지를 않습니다."

만약, 이런 상담을 받았다면 당신은 뭐라 답하겠는가?

식사를 마치자마자 손님이 얼른
자리를 뜨게 할 방법이 떠올랐는지?

고바야시 박사의 답을 보기 전에
여기서 잠깐 생각해 보자.
당신의 생각은?

고바야시 박사의 답은 이랬다.

"식당의 인상이 나쁘면, 손님은 식사를 마치자마자 말없이
나가 버릴 것이다.
하지만 인상이 좋을 때는, 식사를 마친 후에도 꾸물대며
좀처럼 자리에서 일어나지 않는 법이다."

이 이야기를 들은 뒤로 식당 사장은
손님이 식사 후에도 꾸물대는 모습을 보면서
행복을 느끼게 되었다고 한다.

자, 고바야시 박사는 아무런 해결책도 내놓지 않았다.

현실은······ 손님은 여전히 꾸물대고 변한 것은 아무것도 없다.
하지만 식당 사장의 '초조함' 은 '행복' 으로 바뀌었다.

 사물을 보는 방법 하나로 세상이 바뀐다.
보는 눈을 바꾸면 지금 당장 행복해질 수도 있다.

출전_『우주가 내 편인 사고법』 고바야시 세이칸

결혼하지 않은 사람 = 불행하다?

전에 다니던 회사의 사장님과 고객, 나 이렇게 셋이
저녁 식사를 했을 때의 일이다.

고객이 사장님에게 이런 고충을 털어놓았다.

"사실, 제 딸아이가 혼기가 꽉 찼는데도
결혼을 하지 않아 고민입니다."

이 말에 사장님은 이렇게 대답했다.

**"따님이 빨리 결혼해서
불행해지기를 바라시는군요."**

헉, 이 무슨 망언을?!

"무슨 말씀이십니까? 당연히 딸이 행복하기를 바라죠."

"따님이 지금 혼자라서 행복하지 않은 것 같던가요?"
"그렇지는 않습니다."
"그렇다면, 지금 이대로도
괜찮지 않습니까?"
"아, 그렇군요!"

 그렇다면, 지금 이대로도 괜찮지 않은가?

「토끼와 거북」의 뒷이야기

「토끼와 거북」이라는 누구나 아는 동화가 있다.

토끼가 낮잠을 자고 있는 사이에
거북이가 토끼를 앞질러 경주에서 이겼다는 이야기다.

하지만 그 후,
거북이가 하느님한테 야단맞은 얘기도 알고 있는지?

"거북아, 너는 어째서 토끼와 경주를 하였느냐?
너는 육지에서 깡충깡충 뛰는
토끼가 되고 싶었던 게냐?
바다에서는 그 누구보다 우아하게 헤엄을 칠 줄 알지 않느냐.
너는 그냥 너이면 됐던 거니라."

그리고 마지막으로 하느님은 이렇게 한마디 덧붙였다.

"육지에서 쌩쌩 달리는 거북은, 꼴불견이니라."

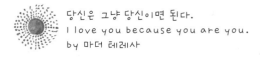

당신은 그냥 당신이면 된다.
I love you because you are you.
by 마더 테레사

운 좋은 사람의 심층 의식

마쓰시타 고노스케는 면접 때마다 반드시 이런 질문을 했다고
한다.

**"당신은 지금까지
운이 좋았다고 생각하는가?"**

당신은 어떤가? 운이 좋다고 생각하는가?

도쿄대, 와세다대, 게이오대, 교토대.
마쓰시타는 아무리 우수한 대학을 졸업했어도,
"아니오. 저는 운이 없었습니다."
라고 대답한 사람은 채용하지 않았다고 한다.
거꾸로 "굉장히 운이 좋았다."고 답한 사람은 전원 합격.

능력 〈 운

마쓰시타는 능력보다 운을 더 중요하게 여겨 운 좋은 사람을
가장 우선시했다고 한다.
그렇다면 "저는 운이 좋습니다." 라고 말하는 사람의 마음속에는
어떤 생각이 있는 걸까?

그렇게 말하는 사람들의 심층에는

'내 힘으로만 된 건 아니다.' 라는 주변에 대한 '감사' 의 마음이
반드시 있다고 한다.

즉, 마쓰시타 고노스케는 감사의 마음이 있는지 없는지를

"당신은 지금까지 운이 좋았는가?"

라는 질문을 통해 통찰하려 했던 것이다.

마쓰시타 고노스케의 눈에는
지금은 잘나 보이지 않아도, 지금은 성과가 없어도
근본적으로 감사의 마음이 있는 사람은
언젠가 반드시 훌륭한 인재로 성장한다는 것이 보였던 것이다.

실제로 "운이 좋다."고 그 자리에서 대답해서
채용된 학생들이 과장 자리에 올랐을 무렵에는
그들의 기획이 잇따라 히트하기 시작하면서
본격적인 마쓰시타 황금기에 진입했다고 한다.

그리고 전국시대의 장수들 중에도
이렇게 하는 사람이 많았다고 한다.

최측근에 무예가 뛰어난 사람이 아니라,
구사일생의 경험이 있는 등, '운 좋은 사람'을
두는 것!

그러니까 '지붕에서 떨어졌는데도 죽지 않은 사람'은
대단히 귀한 대접을 받았을 것 같다(^_^).

앞으로 구직 활동을 하게 될 학생 여러분.
면접에서 이렇게 말해 보자. 꼭 취업이 될 테니까.
"저는 つき(운, 달)로만 살아왔습니다.
태양은 본 적도 없답니다.
(일본어로 '운(つき)'과 '달(つき)'의 발음이 같음)

출전_「편하고 즐겁게 사는법」 고바야시 세이칸

운이 좋아지는 뇌 사용법

스님이면서,《중음의 꽃^{中陰の花}》으로 아쿠다가와상을 수상한
겐유 소큐^{玄侑宗久}는 도량에서 이루어지는 좌선 수행을 이렇게 말한다.

"좌선을 하다 보면 대나무로 된 경책으로 어깨를 탁 치실 때가
있잖아요. 그러면 일단, '지금 왜 때리셨을까?'를 생각합니다.
몸이 흔들렸나, 하고 말이죠. 그런데 여러 번 맞다 보면 점점 그
이유를 알 수 없게 됩니다.
그러다가 이상한 현상이 일어납니다.

아주 옛날 일까지 생각나는 겁니다.

고등학교 때 그 친구한테 못된 짓을 했기 때문에
지금 한 대 치셨구나,
초등학교 때 거짓말을 해서 그렇구나, 하고요.

우리는 그렇게까지 기억을 더듬어 지금의 상황을 합리화하려
합니다.
이것이 선종禪宗의 참회법이지요."

바로 여기에 뇌 사용법에 관한 힌트가 있다.

어떤 현상이 일어났을 때,
뇌는 상대에게 합리적인 이유를 찾아주려고 한다.
뇌는 불합리한 상태를 두고 보지 못한다.

이는 행복한 삶을 위해 알아두면 좋은
뇌의 중요한 기능이다.

한마디로 하면,

'불합리 반대' by 뇌

자, 그렇다면 이 기능을 어떻게 운에 활용할 수 있을까?
해답은 간단하다.
오늘 당신이 만나는 사람한테
'고마워.' 라고 말하면 끝.
그 사람한테 전혀 고마운 게 없어도 괜찮다.
직접 얼굴을 맞대고 말하지 않아도 된다.

자, 실험을 한번 해 보자.

집에서 "○○야, 고마워." 라고 이름을 부르며
우선 서른 번만 말해 보자.

자, 어떤가? 말하기 전과 후,
상대방에 대한 느낌이 완전히 다르지 않은가?

포인트는 소리를 내서 '고마워.' 라고 말하기.
그러면 당신의 뇌는 불안해 하기 시작한다.
'왜 저 녀석한테 고맙다고 하는 거지?' 라고 말이다.
뇌는 이런 불합리성을 용인하지 않는다.

그리고 이유도 없이 '고마워.' 라고 말하는 동안,
뇌는 그 사람의 좋은 점, 감사한 점을
찾아 움직이기 시작한다.

'아, 그러고 보니 전에 나한테 아이스크림을 한 입 줬지.'
같은 거라도 말이다.
고맙다고 말해 버린 이상,
뭐라도 그 사람의 좋은 점을 찾지 못하면
뇌는 불안해 한다.
'바보' 라고 말하면, 뇌는 이번에는 그 사람의 바보스러운 면을

검색하기 시작하고, 결국은 찾아낸다.
'아! 잊고 있었는데, 저 녀석 나한테 천 엔 빌린 거
아직 안 갚았네.' 같은 거라도 말이다.

습관적으로 '고맙습니다.' '감사합니다.' 라고 말하자!
그러면 의식은 자연스럽게 그 사람의 좋은 면이나
작은 행복에 맞춰 감사하는 마음이 들게 된다.

그러면 마쓰시타 고노스케는 이렇게 말하겠지.

"당신, 합격일세." by 마쓰시타 고노스케

이유는 없지만 '고마워.' 라고 말해 보자.
이상, 마쓰시타 고노스케에게 사랑받은 뇌 사용법이었습니다

출전_「돌아가는 길 극락론」 겐유 소큐

행복? 그게 뭐야?

가까이 있을 때는 있는지 없는지 모르지만
멀어지면 커 보이는 것은 무엇일까?

얼마 전 친구를 만났을 때의 일이다.
지금은 회사에 다니고 있지만
그는 전부터 사업을 하고 싶다고 말해 왔다.
오랜만에 만났길래 근황을 물었다.
이런저런 얘기를 하던 중,
왜 그가 인터넷을 이용해 수입의 흐름을
만들고 싶어하는지,
그 이유를 비로소 알게 되었다.

두 살 된 그의 아들과
조금이라도 더 오래 함께 하기 위해서...

회사에 가는 시간도 아깝다고.

미처 몰랐다.

그의 아들이 백혈병이라는 사실을.

뭐라 해야 할지 몰라 나는

"아, 그랬구나……."

"아, 그랬구나……."

"아, 그랬구나……."

하고 바보처럼 같은 말만 되풀이했다.

그는 이렇게 말했다.

"왜, 나인 거지? 왜 하필 나야! 왜, 내 아이냐고 원망했었지."

그리고 그의 이 말 한마디가 가슴 깊이 남았다.

"평범하다는 게 얼마나 큰 행복인지 깨달았어."

고바야시 세이칸 박사는 말한다. .

"아무 일도 일어나지 않는 게 얼마나 큰 행복인지,

우리는 좀처럼 깨닫지 못한다. 사실은 하루하루가 담담히,

평범하게 지나가는 게 행복의 본질이다."

가까이 있을 때는 있는지 없는지 모르지만

멀어지면 커 보이는 것

그것은 바로, **행복이다.**

친구 아들이 몇 달 만에 퇴원을 했다.
약물치료는 계속해야 하는 것 같았지만,
이제 생명에 지장은 없다고 한다.
정말 다행이다.

아무 일도 없는 평범한 하루하루가
사실은 최고의 행복이다.

아무 일도 없는 평범한 하루하루가 사실은 최고의 행복이다.

출전_ 「배고프면 밥먹는다」 이규경
출전_ 「우주가 내 편인 사고법」 고바야시 세이칸

행복에 이르는 최단거리

진짜 기묘한 이야기다.
어떤 독일 의사 중에
환자의 혈액을 보존하는 사람이 있었다.
혈액을 통해 그 사람이 어떤 병에 걸렸는지
금방 알 수 있기 때문이었다.

혈액은 밀폐해서 보존했기 때문에
성분이 변하는 일은 없었다.

그런데 2년 후에 분석해보니
어찌된 일인지 성분에 변화가 있었다.

게다가 신기하게도 2년 전에 채혈한 피가 아니라
현재 그 사람한테서 채혈한 피로 바뀌어 있었던 것이다.

왜였을까?

2년 전에 어떤 병에 걸렸던 사람이
지금 건강을 되찾으니…
2년 전 병에 걸렸을 당시 보존해 두었던 혈액까지도
지금의 건강한 피로 변했다는 얘기다.

채혈하여 보존해 둔 혈액의 성분이
본인의 건깅 상대에 따라 저절로 바뀐다는 건데…….

말도 안 돼!

하지만 그 의사는
2000명이나 되는 환자를 통해 임상실험을 했고,
독일에서 논문도 발표했다고 한다.

신기한 얘기 하나 더.

얼마 전 우시지마 마사토의 보이스 트레이닝에
참가했을 때였다.
2인 1조로 이런 훈련을 했다. 자신의 신체 중에서 딱딱하게 굳은
부분을 상대의 몸에 마사지해 주는 훈련이었다.
상대방의 불편한 부분이 아니라,

내 몸에서 불편한 부분을 상대방한테 마사지해 주는 것이다.
그러자 내 몸의 결린 부분이 풀렸다.
여러분도 꼭 해보시기를.

그런데, 이런 현상이 일어나는 이유가 뭘까?

바로 공명共鳴 때문이다.

우리는 서로 공명하고 있는 것이다.

 행복해지고 싶다면, 나를 찾는 것도 중요하지만
옆에 있는 사람을 행복하게 해주는 게
의외로 가까운 길인지도 모른다.
우리는 공명하고 있으니까.
Your Happy My Happy.

출전_「물은 답을 알고 있다」 에모토 마사루
우시지마 마사토 VOICE 트레이닝 http://www.geocities.jp/yumeuchuu

인생을 돌아보며

미국에서 90세 이상인 노인들을 대상으로
이런 설문 조사를 했다.

질문은 단 하나.

**"90년 인생을 돌아볼 때
유일하게 후회되는 것은 무엇입니까?"**

이 질문에 대해
90%의 노인이 같은 대답을 했다고 한다.
과연 무슨 답이었을까?

그 답은 바로…….

'더 많은 모험을 하지 못한 것!'

모험, 더 많이 하자!
우리에게는 아직, 시간이 있다.

전설의 무대

공연을 보러 갔다.
그런데 5분이 지나도 시작되지 않았다.
15분 지나도 시작되지 않았다.
'어떻게 된 거지?'
공연 시간이 지났는데도 무대에 오르는 배우가 없었다.
공연장이 술렁이기 시작했다.
"뭐 하는 거야?"
불평하는 사람도 생겼다.

이런 분위기 너무 싫은데...

내 뒤에 앉은 사람들이 쑥덕거리기 시작했다.
"전에, 잡지에서 이 극단 대표의 인터뷰 기사를 읽은 적이
있는데...

어떤 여자한테 원한을 산 게 있나 봐.
이따금 감금? 당해서 마음대로 움직이지 못할 때도 있대.
어쩌면 지금도 어딘가에 갇혀 있는 게 아닐까?"

'에이, 그럴 리가!'

나는 마음속으로 생각했다.
그때였다. 공연장의 조명이 꺼졌다.
공연장은 칠흑처럼 어두워졌다.
그러자 바로 내 옆자리의 여성이
"꺄아악!!!" 하고 큰 소리로 비명을 지르는 게 아닌가!
"꺄아악, 이 변태!!!"
"이봐요, 나 아니에요."
하지만 내 뒤에 앉은 사람이 "이 사람이!" 하면서
내 목덜미를 움켜쥐었다.

"내가 그런 거 아니라니까요!"

이런 낭패가! 공연장 전체가 술렁였다.
사실, 무대는 이미 시작되었던 것이다.
처음부터 객석에는 배우들이 섞여 앉아 있었다.

"변태!" 라고 외친 것도 배우!

맨 처음 침묵을 깨뜨린 것도 배우!
왜 시작하지 않느냐며,
옆 사람에게 말도 안 되는 소문을 흘린 것도 사실은 배우!

현실과 무대의 뒤섞임.

무엇이 연기이고 무엇이 현실인가.
알 수 없는 세상으로 이끌려 들어가는 것.

이것이 전설이 된 데라야마슈지[寺山修司]의 무대 「관객석」이다.

사실 나는 이 연극을 직접 관람하지는 못했는데,
얘기로만 들어도 감탄이 절로 나오는 발상이다.

 가끔은 당신의 일상에도 연기를!
일상이 훨씬 재미있어질 것이다.

멋쟁이 안내원

얼마 전 니가타에 있는 고향집에 갔을 때
어머니로부터 들은 얘기다.
동네에서 한동안 가스와 수도 공사를 한 모양인데,
현장에 근무하는 안내원이 대단한 멋쟁이였다고 한다.
어떤 안내원이었을까?

공사 현장에는 안내원이 있다.
직접 공사를 하는 사람 말고, 깃발을 흔들거나
교통 정리를 하는 사람 말이다.

이번에 고향집 근처 공사장에 근무했던 안내원은
대단히 유명했던 모양이다.

당시, 현장 근처 통행로에

판자 두 장을 깔아놓고 작업을 했나 본데,
그러면 포개지는 부분 때문에 당연히 지면의 높낮이 차이가
생길 수밖에 없다.
걸어서 지나갈 때는 별 문제 없지만,
자전거로 건널 때는 바퀴가 부딪혀 불편했다고 한다.

그래서 그 안내원은 항상 주의를 집중하고 있다가
저 멀리서 자전거가 오는 게 보이면,
얼른 판자 한 장을 치워서
자전거를 탄 채로도 안전하게 지날 수 있도록 했다고 한다.

동작이 민첩하고 절도 있으며, 항상 웃는 얼굴이라
사람들은 그를 보는 것만으로도 기분이 좋아졌다고.
아무리 멀리 있어도, 눈이 마주치면
"불편을 드려 죄송합니다."
라고 말하는 듯, 꾸벅 인사를 했다고 한다.

그런 태도에 감동받은 한 아주머니가
현장 책임자에게 이렇게 말했다고 한다.

"저 젊은 안내원, 사람 참 괜찮네요.
주민들한테 어찌나 잘하는지,
이제는 공사 소음도 거슬리지 않는다니까요."

그러자 책임자는 이렇게 말했다고 한다.

"저희도 그 친구 덕을 많이 보고 있어요.

그는 NO.1 안내원입니다.

원래 공사 현장은 소음이 심해서
민원이 끊이지 않거든요.
이게 일이니 저희도
어쩔 수 없지만요.
하지만 저 친구가 담당하는 곳은

민원은커녕 주민 분들에게
고맙다는 인사까지 듣습니다."

NO.1 안내원!
나도 꼭 한 번, 당신을 만나보고 싶다!

 당신 하나가 빛나면 된다. 그러면 전체가 빛날 테니까.
어디서 무슨 일을 하든 최선을 다해 빛나면 그 빛이
널리 퍼져나간다.

우울해지는 방법

나는 심리학을 재미있게 가르치는
에토 노부유키衛藤信之 선생 밑에서 반년 정도 공부를 했는데,
그때 배웠던 '우울해지는 방법'을 소개할까 한다.
에토 선생은 학창 시절, 미국의 한 대학에서 심리학을 공부했는
데 그 대학에는 이런 선생이 있었다고 한다.

**'우울증을 앓아보지도 않은 내가
그들의 기분을 알 리가 없다.'**

그래서 그는 우울해지는 방법을 연구했다고 한다.

시행착오를 거쳐
결국 그는 우울해지는 방법을 찾았다.
그는 어떤 행동을 3개월 동안 계속하면

누구라도 거의 예외 없이
우울해진다는 걸 알았다.

그 방법은 바로…….

하루에 1000번 한숨 쉬기.

하루에 1000번씩 3개월 동안 한숨을 쉬면
대부분의 사람이 우울증에 걸린다고 한다.

그 선생도 우울증에 제대로 걸렸다.
우울증에 걸려 수업에도, 학회에도
모습을 드러내지 않았단다.

학생들이 찾아가면 선생은 귀찮다는 듯 이렇게 말했다고 한다.

"학회 같은 거 나가봤자 무슨 의미가 있나…"

이 정도면 진짜 우울증이다.

하지만 학생들의 정성 덕분에
결국은 우울증 탈출 성공!
그리고 그 선생은 우울증이 치유되는 과정에서

박사 학위를 취득했다고 한다.

예리한 여러분은 이쯤에서 눈치챘을 것이다.
그렇다.
행복해지고 싶다면,
즐겁게 살고 싶다면,
이와 반대로 할 것.

그렇다.

웃자!
웃으면 된다!

행복해서 웃는 게 아니다.
웃으니까 행복해지는 것이다.
유일한 방법은 웃음!

이야기_일본 멘탈헬스협회, 에토 노부유키 http://www.mental.co.jp

이런 행운이!
....

내가 다니는 회사 대표의 딸의 친구 이야기다.

회사대표의 딸의 친구라니,
언뜻 사돈의 팔촌 이야기 같지만
단순한 이야기니 편히 들어 보시기를.

대표의 딸의 친구가 다리에 골절상을 입었단다.
그런데 목발을 짚고 역 계단을 내려가다가
또 넘어져서 이번에는 코뼈가 부러지고 말았다.

복합골절.

이 친구는 운이 없는 걸까?

사실, 본인은 아주 기뻐했다고.
아주 무척 대단히!

복합골절된 코는 수술을 해야 했고,
수술 후,
엄청난 미인이 되었으니 말이다.

이런 행운이!

친구는 코 하나로 인상이 크게 바뀐 모양이다.
대표의 딸도 귀여운 스타일로 변한 친구를 보며
많이 부러워했다고 한다.

또 다른 이야기 하나.

내가 단골로 이용하는 라면 가게 사장님에게
이렇게 물은 적이 있다.

"어떻게 라면 가게를 시작하게 되었나요?"

"다니던 회사가 부도가 났거든요."

회사가 문을 닫았으니

생계를 위해 어쩔 수 없이 시작한 일이
결과적으로 소문난 라면집이 된 것!

이런 행운이!

안 좋은 일이 생기면 생각해 보라.
이것이 정말 안 좋은 일인가를.
3개월 후, 1년 후, 그 안 좋았던 일 덕분에
당신은 싱글벙글 웃고 있을지도 모른다.

한발 앞으로

....

얼마 전 업무 차 방문했던 건물의 남자 화장실에
이런 쪽지가 붙어 있었다.

나는 그 쪽지의 내용이
정말 마음에 들었다.

소변기 위에 붙어 있던 쪽지에는······.

한발 앞으로

'한발 앞으로. 그 적극성이
당신의 인생을 바꿀 것이다.'

그러니까 '소변 흘리지 마세요!' 라는 말을

상대방에게 도움이 되는 말로 바꿔 표현한 것이다.

조금 억지스럽기는 하지만 기발한 아이디어구나,
감탄하면서 볼일을 보다 보니
에고고, 조금 실수를 하고 말았던 기억이 난다.

 부정적인 말은 항상 긍정적인 말로 바꿀 수 있다.
예를 들어, 침착하지 못한 아이는
호기심이 많은 아이라고 바꿔 말하면 어떨까?

미래를 100% 맞추는 신기한 심리학자

지인으로부터 들은 이야기.

지인의 학교에 한 심리학자가 강연을 하러 왔단다.

강연이 끝난 후,
그 심리학자는 각 반에도 잠깐씩 들렀다.
그리고 교실 뒤에서
40명 정도 되는 학생을 죽 훑어본 다음,
담임 선생에게 작은 소리로 이렇게 말했다고 한다.

"저 학생하고 저 학생하고 저 학생 말이죠."
라며 3명의 학생을 가리키며 말했다.

"저 학생들은 앞으로

성적이 크게 오를 테니
잘 지켜보세요."

몇 달 후, 정말 그 3명의 성적이
크게 올랐다고 한다.

담임은 놀라서 "그때 어떻게 아셨죠?" 라고 물었단다.

그러자 심리학자는 이렇게 대답했다.

"짐작했을 뿐입니다."

사실은 이 3명의 성적이 오를 거라는
심리학자의 말로 인해 담임의 의식이 바뀐 것이다.

그 학생들을 보는 담임의 눈이 달라진 것.

그러자 그 학생들의 성적이 오르기 시작했다.
성적 향상의 비밀은 바로 여기에 있었다.

 당신의 보는 눈이 달라지는 것만으로도, 당신 주변 사람이
바뀔 수 있다. 양자역학에서는 관찰자의 시선(의식)이 대상
물체에 영향을 미치는 게 당연한 이야기라고 한다.

산타클로스의 정체

오스트레일리아로 떠난 낭만 자전거 여행.
귀국 후 홈페이지를 이용해 비즈니스 시작.
월 5000만 엔 돌파.
29세라는 젊은 나이에 은퇴한 자유인, 혼다고이치本田晃一.
그가 산타클로스의 정체를 가르쳐 주었다.

어렸을 때는
누구나 산타클로스를 믿는다.
하지만 어른이 되면 '산타클로스는 없다.' 는 걸 알게 된다.

그런데 이건 아직 진정한 어른이 아니란다.

진정한 어른은

'산타클로스는 나 자신'

이라는 사실을 깨달은 사람이라고.

 어떤 선물이라도 안겨 주고, 어떤 꿈이라도 이루어 주는
당신의 산타는 바로 당신이다. 이렇게 된다면 일상이
Happy Christmas.

출전_『혼다 고-짱의, 자유대지구』 http://blog.livedoor.jp/hondakochan

결심한 게 아니라서 가능했다!

에토 노부유키 선생에게 들은 이야기다.

70대의 나이에 미대륙을 도보 횡단한
할머니가 있다고 한다.

**70대에, 그것도 걸어서,
게다가 미대륙을 횡단했다니!**

정말 대단한 할머니다.

목표 지점에 도착하는 순간은 각국에서 몰려든
기자로 북적댔다고 한다.
그런데 미대륙횡단에 성공한 순간,
이 할머니가 남긴 한마디가 참 멋지다!

"결심하고 시작한 게 아니라서 가능했던 것 같아요."

할머니의 대륙 횡단은 이렇게 시작되었다고 한다.

할머니는 손주로부터 운동화를 선물 받았다.
너무 좋아서 그 운동화를 신고 이웃 주에 사는 친구를
만나러 갔다. 도착하고 나서

"이번에는 저 주에 가볼까?
무릎이 아프면 올 때는 택시를 타지 뭐."

이렇게 가벼운 마음으로 걷다 보니
대륙 횡단에 성공.

처음부터 미대륙 횡단을 계획하는 용기를 냈다면 절대 불가능
했을 거라고.

무슨 일이 있어도 해야겠다는 각오, 없으면 어떤가.
어느 날 문득, 아직도 무언가를 하고 있는 나를 발견하는 것.
그것이 멀리까지 가는 비결이다.
사이타마 횡단이라면 근성으로 해보겠는데 말이지(^_^).

이야기_일본 멘탈헬스협회, 에토 노부유키 http://www.mental.co.jp

한 푼도 들이지 않고 나를 바꾸는 법

한 푼도 들이지 않고
행복한 기적을 일으키는 마법이 있다.

고작 이런 걸로 운명이 역전되다니.
아마 당신도 놀랄 것이다.

하지만 크게 성장하는 회사의 경영자들은
대부분 알고 있는 사실.
자, 그 마법이란?
바로…….

청소!

그렇다. 당신이 잘못 읽은 게 아니다.

바로 청소로 당신의 인생이 바뀔 수 있다.

1980년대 뉴욕의 범죄율을
낮춘 계기가
청소였다면 믿겠는가?

80년대, 뉴욕시에서는
연간 60만 건 이상의 중요 범죄가 발생했다.
하지만 90년대에 들어서자 범죄 건수가 급감했다.

왜일까?
범죄 도시의 흐름을 바꾸어 놓은 것은 무엇이었을까?

교통국의 새로운 수장이 된 데이비드 건 국장은
첫 업무를 다름아닌 낙서를 없애는 일부터 시작했다.
지하철을 철저히 청소하겠다는 방침을 내걸고 말이다.

그러자 지하철 중대 범죄 건수는 75%나 급감했다.

물론 청소가 전부였던 건 아니다.
하지만 신임 국장은 난잡한 환경이 정신을 흩뜨리고
그곳에 사는 사람들에게 영향을 미쳐
난잡한 행동을 유발하는 게 범죄의 근본 원인임을

간파한 것이다.

디즈니랜드 역시 마찬가지다.
디즈니랜드에는 커스토디얼이라 불리는 청소 스태프가
600명이나 있다고 한다.
그리고 그들은 담당 구역을 15분마다 돌며
깨끗한 공간을 만든다고 한다.

꿈의 세계에 쓰레기는 없다!
쓰레기에서는 쓰레기 파장이 나오기 때문이다.

친구 중에 10년 이상 사무실 청소 대행업을 해 온
청소 전문가들이 있다.

마스다 미쓰히로, 와가미데 마사키라는 친구들인데,
그들이 말하기를, 진심을 담아 청소를 하다 보니
신기한 일들이 일어나기 시작했단다.

청소를 의뢰한 회사의 실적이 오르는 경우는 부지기수고,
가족의 사이가 좋아지며,
예상치 않은 수입이 생기기도 한다고.

그들이 청소로 기적을 일으키는 방법은 이렇다.

일을 시작하기 전에 일단, 그 회사 직원들이
웃는 얼굴로 일하는 모습을 상상한다.

다음은 "고맙습니다. 고맙습니다."를
소리 내어 말하며 정성스럽게 구석구석 닦는다.

아르바이트생 중에도
묵묵히 "고맙습니다." 라고 말하며 청소하다가
감사의 마음이 우러나서 자기도 모르게 눈물을 흘린 사람이
있었다고 한다.

이것이 청소의 참된 즐거움.
이것이 청소의 참된 묘미.

이런 과정을 통해 눈에 보이지 않는 공간까지
깨끗이 할 수 있다고 한다.
그런데 눈에 보이지 않는 공간까지 깨끗해지면 뭐가 달라질까?

그 자리에 천사가 내려온다.

'청소로 기적을 일으키는' 수많은 사례를 보아온 그들은
〈청소력 연구회〉라는 모임을 만들었고
책도 출간하고 있다.

가미데 씨가 청소의 힘을 실감하기 시작한 계기는
소리 내어 "고맙습니다." 라고 말하며
자기 집 주방을 닦으면서부터.

맨 먼저 부인과의 관계에 큰 변화가 생겼다.

전에는 부인에게 "시끄러워. 당신은 좀 잠자코 있어!"
라고 말하던 그가 청소를 시작한지 6개월 만에
부인이 천사로 보이기 시작했다고 한다.

처음에는 형식적으로라도 "고맙습니다." 라고 말하면 된다.
진심은 담겨 있지 않아도 된다.
그저 "고맙습니다." 라고 소리 내어 말하며
청소를 계속하다 보면 저절로 감사한 마음이 넘쳐난다고 한다.

보통은 무언가에 감사하려 해도 잘 되지 않는다.
하지만 "감사합니다." 라고 말하며 청소를 하면
뭐라 형용하기 어려운 행복감이
몸에서 저절로 솟아난다.

얼마 전, 그는 20년 동안 심한 변비로 고생 중인 친구에게
"고맙다고 말하며 변기를 닦아 보라." 고
조언했다고 한다.

그리고 며칠 후 어땠냐고 물으니,
아직 실천하지 않았다고 했단다.
그 친구 마음도 충분히 이해가 간다.
"고맙습니다." 라고 중얼거리며 변기를 닦다니.
이렇게 괴상한 광경도 드물 테니 말이다.

하지만, 다수의 경험을 통해
틀림없이 달라지는 걸 경험한 그는 친구 집까지 찾아가
화장실을 청소해 주었다.
변기에 볼을 비비며 "이렇게 할 수 있을 정도로 변기를
깨끗이 닦으라." 고 말했다고 한다.

그리고, 30일 후.
친구는 놀라운 소식을 전해 왔다.
"변비가 나았어!
20년 동안 별짓을 다 해도 낫지 않던 변비가!"

변기 안에 풍덩 손을 넣고
"고맙습니다." 라고 말하며
정성스럽게 닦아야 한다고 한다.

가미데 씨는 우선,
21일 동안 지속할 것을 권한다.

*왜 21일인가?
21일에는 여러 의미가 있는데,
일본에는 예로부터 기도할 때 10번씩 2배를 올리고,
마지막으로 한 번 더 올리면
소원하는 것이 이루어진다는 풍습이 있다.
또 경험적으로 봐도, 3주 동안 지속하다 보면
변화를 느끼는 사람이 많다고 한다.
그러므로 적어도 21일 동안은 계속해 보기를.

 당신도 용기 내어 걸레를 잡아 보라.
행복의 비밀은 걸레에 있다.
당신한테 어떤 변화가 일어날지 기대하시라.

출전_「성공을 부르는 청소의 법칙」 마스다 미쓰히로

이달 안에 새로운 내가 되는 법

영국의 생활평론가 캐런 킹스턴은
기묘한 발견을 했다.

지나치게 뚱뚱한 사람들에게서
의외의 공통점을 발견한 것이다.

**뚱뚱한 사람들 중에는
물건을 잘 버리지 못하는 유형이
대단히 많았다.**

'불필요한 것을 끌어안고 있는 사람은
과도하게 살이 찔 우려가 높다.'

캐런 킹스턴은 위와 같은 조사 결과를 발표했다.

불필요한 것을 끌어안는 정신 상태가
몸에도 공명을 불러일으켜
신진대사가 무뎌지면서 '쌓이는' 방향으로
바뀌는 듯하다.

버리자.

버리자.

버리자.

주변의 것을 시원하게 버리자!
통계에 따르면 우리는 평균 1만 개 이상의 물건을
지니고 있다고 한다.

대부분의 경우, 물건은
당신의 과거와 깊은 관련이 있다.
그리고 과거의 에너지는 당신을 끌어당긴다.
과거의 에너지를 버리고,
새로운 당신을 시작해보지 않겠는가?

버림으로써 새로운 것이 들어온다.
새로운 인생이 당신을 기다리고 있다.

'줄이면 줄일수록 풍요로워진다.'

'물건은 적게. 돈은 많이.'

 일단, 이달 안에 3000개 정도만 버리자(^_^).
버리는 쾌감을 맛보자!
'히스이 씨, 신 나게 버리다 보니
남자친구까지 버렸어요.' '어, 그건 좀……!'

출전_『단순하게 살아라』 로타르 J. 자이베르트

문제 없어!

고등학교 졸업과 동시에 나는 혼자 인도로 여행을 떠났다.

인도는 어떤 나라일까?
한마디로 알기 쉽게 표현하자면,

"너희들 다 B형이지!"

뭐, 그런 느낌?(^_^)

협동심 제로.
아, 이건 단합이 잘 안되는군.

사실, 인도인의 70%는 B형인 것 같다.
분명 그럴 거야.

내 나이 열여덟. 인도를 여행하며 제일 먼저 든 생각은,

'간디, 당신은 정말 위대합니다.' 였다.

그 깡마른 아저씨가 3억 5000만이나 되는 사람을,
최강 B형 인도인 군단을, 잘도 단합시켰구나, 싶어
감탄스러웠던 것이다.

사건은, 인도 여행 첫날에 일어났다.

내가 먹고 있던 중국식 국수 접시를 자세히 보니,
(자세히 보지 않아도 금방 알 수 있었지만)
개미 한 마리가 접시 위를 기어 다니고 있었다.
아주 씩씩하게.

'허걱!'
웨이터를 불러 물었다.

"Is this an ant?" - 이거 개미인가요?

그러자 그 웨이터는 웃는 얼굴로 이렇게 답하는 게 아닌가.

"No problem." - 문제 없어요.

웨이터의 분위기는
'개미? 그게 뭐 어때서?'
하는 느낌이었다.

개미가 있으면 꺼내면 되잖아?
먹어도 죽지는 않아.
오히려 건강에 더 좋지 않겠어?
그 웨이터는 이렇게 말하고 있는 것 같았다.

'No problem.'
즉, 개미 같은 거 들어 있어도 괜찮다.

인도인들은 어떤 경우에도
'No problem.' 이다.

하루에 100번 정도는 말하는 것 같다.
그들은 허용 범위가 넓은 것이다.

 오늘부터 인도 사람이 되어 봅시다.
'No problem.'을 외치며
문제 없어! 문제 없어! 문제 없어!

우주의 법칙

'그 이야기 정말일까?'

예전에, 중학교 수업 시간에 들은 이야기 중에
지금 들어도 신기한 게 있다.

파도의 물결은 높아질 때(凸)와
낮아질 때(凹)가 있지요.
그러면 높은 부분과 낮은 부분을 상쇄시키면
제로가 될까요?

좀 더 쉽게 설명할게요.
예를 들어 5m높이의 파도가 쳤다면
낮아지는 부분도 5m큼 낮아질까요?
즉, 파도의 높이를 전부 상쇄시키면

제로(수평)가 될까요?

'제로, 수평이 된다.'고 생각하는 사람은
이쪽으로 모이세요.

'제로가 되지 않는다.'고 생각하는 사람은
저쪽으로 모이세요.

이 질문의 답을 들었을 때,
바로 이것이 자연의 심오한 경지구나 싶었다.

자, 정답은?

둘 다 정답입니다.

이렇게 됐던 것이다.

범위를 정하면 제로가 되지 않는다고 한다.
예를 들어 동해의 경우, 니가타 인근 바다의 파고만 봤을 때는
제로가 되지 않는다.
불규칙적이다.
하지만 바다 전체의 높고 낮은 부분을 더하면

정확히 수평.
제로가 된다고 한다.

정말 신기한 이야기였는데, 최근 이 이야기를
다시 생각나게 한 계기가 있었다.

일본 최고의 납세자인 긴자마루칸(일본 최고의 건강식품
제조회사)의 창업주 사이토 히토리^{斉藤一人} 가
이런 말을 하는 것을 들었을 때였다.

"문제가 생기거나 고민이 생겼을 때는
반드시 해답도 함께 생긴다.
문제나 고민이 생겼다는 것은
동시에 이미 해답도 존재한다는 뜻이다.
우주는 반드시 음과 양이 한 세트로 되어 있으니까.
문제가 음이라면 해답은 양.
문제만 존재하는 경우는 없다."

**그렇구나. 우주는 반드시 어딘가에서
균형을 이루고 있구나.**

엄격하고 철저하게 시간관리를 하는 남자는
어찌된 일인지 시간관념이 허술한 여자와

만나는 경우가 많은 것 같던데,
그런 식으로 균형을 유지하는지도 모르겠다.

이 말은, 지금 당신이 사귀고 있는 그 사람은
당신의 불균형을 완전하게 보완해 주는
상대인지도 모른다는 뜻.

현재 '애인이 없는' 사람은
지금 균형이 잘 맞는 상태라
굳이 애인이 필요하지 않아서
없는 것인지도 모른다.

그러니 애인을 원한다면
지금의 균형을 깨뜨려 보는 것도 한 방법일 것이다.

예를 들어, 앞만 보고 달려가고 있다면
한 박자 느리게 걸어 보자.

출근 길 바꿔 보기.
머리 자르기.
화려한 옷 입어 보기.
화장실을 반짝반짝 닦아 보기.
평소 같으면 가지 않을 법한 식당에 가보기.

아니면,

이 책을 3권 사서

'이 책, 정말 괜찮아!' 라며 친구에게 나눠주기.

다양한 시도를 해보자.

가장 추천하고 싶은 방법은 역시 마지막 제안(^_^)

지금의 내가 지겹다면 뭐라도 한 가지 새로운 것을 시도해 보자.
거기서 새로운 균형이 생길 테니까.

모든 경험은 2종류로 귀결된다

에디슨은 전구를 발명하기까지 5000번이나 실패했다고 한다.
그리고 5000번 실패를 하면서도

"이 조합은 잘 맞지 않는다는 것을 발견했다." 고 말했다.

즉, 경험은 2가지 종류밖에 없다는 것.
성공의 경험과 배움의 경험!

'실패' 라는 경험은 없다.
실패는 배움이라 생각하자.

 인생에는 실패가 없다. 성공 아니면 배움만 있을 뿐.
그렇다면, 그렇다면 도전하지 않으면 손해 아닌가.
만약 실패해도, 이 또한 배움이다!

되고 싶은 내가 되는 비법

간다 마사노리^{神田昌典}씨가 한 말 중에 나는 이 말을 참 좋아한다.

'미래를 예측해 현재의 행동을 결정하라.'

99%의 사람은 현재를 기준으로 미래를 생각한다.
1%의 사람은 미래를 예측해 현재 어떻게 행동해야 할지를 생각한다.

물론 후자인 1%의 사람만이 성공한다.
그리고 그 1%의 사람은 대부분의 사람들로부터 이해받지 못한다.

되고 싶은 나의 미래상을 종이에 써 보자. 그리고 오늘부터
그렇게 된 것처럼 행동하자!
이렇게 되고 싶다, 가 아니라 이미 이루어진 것처럼.
미래의 내가 지금의 나를 이끌도록 하자.

출전_『간다 마사노리 365일 어록』 http://www.kandamasanori.com

생명 연장법
·················

의외의 요인이 당신의 수명을 결정한다는
조사 결과가 있다.

미국에서 7000명 이상을 대상으로
9년에 걸쳐 추적 조사를 한 결과,
상당히 흥미로운 실험 결과가 나왔다.

일찍 죽는 유형과 오래 사는 유형.
이 차이를 만드는 요인은 무엇일까?

조건은 흡연량, 음주량, 업무 스타일, 사회적 지위,
경제 상황, 인간 관계 등 대단히 구체적이고 철저했다.

그런데 조사 결과, 의외의 진실이 드러난 것.

우선 '흡연이나 음주가 수명에 영향을 미칠 것이다.'
라는 당초의 예측은 빗나갔다.

그렇다면 업무 스타일? 사회적 지위? 경제 상황?
이 중 어느 것도 결정적인 요인은 아니었다.

그리고 결국, 진실이 밝혀졌다.
장수하는 사람들의 단 한 가지 공통점.

그것은 바로 **'친구의 수'**였다.

친구가 적을수록
병에 잘 걸린다는 것이다.

마음을 나눌 수 있는 친구와 함께 하는 시간이
스트레스를 크게 줄여 준다는 의미일 것이다.

 오늘은 마음 맞는 친구와 한잔! 당신의 수명을 늘려주는 거니까,
오늘은 당신이 사는 거다(^_^).

출전_『당신이 알아야 할 사람·사물·정보』오다 마사요시

3초 만에 고민 해결

당신은 1년 전에 했던 고민을 기억하는가?

어떤 고민이었는지 지금 당장 말할 수 있는가?

사이토 히토리 씨는 강연회에서
천 명의 청중에게 이렇게 물은 적이 있다고 한다.

"1년 전에 내가 무엇에 대해 고민했는지 기억합니까?"

과연 몇 명이나 기억하고 있었을까?

당신은 1년, 혹은 2년 전 고민을 기억하는가?

결론부터 말하면,

천 명 중에 1년 전의 고민을 기억하고 있는
사람은 아무도 없었다.

즉, 당신이 지금 하고 있는 고민도
1년 후에는 사라져 버린다.

고민은 나도 모르게 사라진다.
고민은 나도 모르게 사라진다.

고민이란 무엇일까?

내 힘으로는 어쩔 수 없는 것을 고민이라고 한다.

내 힘으로 어떻게 할 수 있다면, 어떻게든 했을 것이므로
고민이 되지 않았을 것이다.

어떻게 되지 않으니까 고민하는 것이다.
이것이 고민의 특징이다.

하지만 1년 후에는 그 고민은 제멋대로 사라지고 없을 것이다.

고민은 내가 직접 나서서 해결하고 해소할 수 있는
그런 게 아니다.

고민은 저절로 사라진다.

예를 들면, 이런 것이다.

지금 시계 바늘이 똑딱똑딱 1초씩 지나가고 있다.
그 1초마다...
당신의 고민은 자연소멸하고 있는 것!

당신이 이 문장을 읽고 있는 순간에도
고민은 소멸의 방향으로 진행하고 있다.

1년 후에는 기억조차 나지 않을 정도로.

시간은 당신 편이었던 것이다.
지금 이 순간에도
당신의 고민은 조금씩 작아지고 있다.

출전_『이런 행운이』 사이토 히토리, 가도카와 쇼텐

대머리 치료
········

어느 가발 회사에서 시장조사를 한 결과,
가발을 쓰면 머리카락이 자란다는 사실을 알았다고 한다.

가발을 썼는데 왜 머리카락이 자라는 거지?

왜지?

사실은 여기에 인생의 진실이 감춰져 있다.
지나친 과장이려나(^_^)?

대머리가 되는 원인은 다양하다.

유전, 체질, 대인 관계, 이성 관계,
식생활, 금전 관계, 가족 관계, 기타 등등.

하지만 가장 큰 문제는 아무래도
스트레스였던 듯하다.

그렇다면, 머리숱이 없는 사람에게
가장 큰 스트레스는 무엇일까?

가발 이용자들을 대상으로 '스트레스'에 관한
설문조사를 실시했다.

결과는,

**'점점 머리숱이 없어지는 게
가장 큰 스트레스.'**

즉, 가발을 씀으로 해서
자신의 최대 스트레스 요인인
'대머리' 스트레스가 완화되고
머리카락이 나기 시작한다는 사실이
데이터로 증명된 것이다.

"어머, 고민을 안 하니 머리카락이 나네."

"어머, 고민을 안 하니 머리카락이 나네."

바로 이런 게 우리의 행복한 인생을 위한
작은 힌트가 아닐까?

 지금 당신이 하고 있는 고민은
당신 자신이 만든 것임을 깨닫자.
깨닫자! 깨닫자! 깨닫자!
키즈케.키즈케,케즈케=깨닫자. 깨닫자. 머리카락 심자'라는 뜻의 말장난

출전_ 「연속 선언」 기쓰카와 유키오, WebMag

당연히 100점이겠지?

작가 고미 타로의 에세이가
사립중학교 입시문제에 출제되었다.

국어 시험에는
'이 문장에 나타난 작가의 의도는?' 이라든지
'위 단락을 요약하시오.' 같은 문제가 나온다.
바로 그런 문제였다.

시험문제는 비밀이므로
시험에 사용되는 작가의 문장에 대해서는
사용 허가를 받지 않아도 된다고 한다.
필요할 때 사용하고 추후 통지하면 OK.

그래서 시험이 끝나고 그 학교의 주임 선생이

인사차 고미 타로 씨를 방문했던 모양이다.

그 시험지는
모두 고미 타로 씨의 에세이와 관련된 것이었으므로
고미 타로 씨도 시험 삼아 문제를 풀어 봤다고 한다.

당연히 100점 만점 아니겠는가!

본인이 쓴 문장으로
시험을 봤으니 말이다.

하지만, **결과는 68점.**

어찌된 일일까?

예를 들어 '이 부분에서 작가의 의도를 A~D 가운데 고르시오.'
라는 문제가 있었다.

그런데, 고르려 해도
A~D 가운데 자신의 의도는 없었다고 한다.

이런 낭패가!!!!
'그래도 뭐, 이 가운데서는 이게 제일 가깝겠지.'

싶어 골랐지만, 땡!

이런 낭패가!!!!

그 중학교의 합격선은 85점.
즉, 정작 저자는 합격 불가능.

자신의 생각을 묻는 시험에서
떨어지다니.

어찌된 일일까?

나는 시험 문제가 얼마나 엉성했는가를
말하려는 게 아니다.

인생이란 건 그런 거라고 생각할 뿐.

 결국, 사람의 마음은 알 수 없다는 사실.
그러니까 너무 신경 쓰지 맙시다.
Going your way!

출전_「수다 떨면 돼」 고미 타로

이 얘기 알아?

* 이 얘기 알아?
볼리비아에 사는 친구가 있는데,
"그럼, 내일~~ 하자."고 약속해도
약속이 지켜지는 경우는 거의 없대.

"왜 약속 안 지켰어?' 하고 물으면,
"그게 말이야. 날씨가 너무 좋아서 낚시하러 갔었어." 라고
한다나.

볼리비아 사람들은
무엇보다 순간의 기분을 가장 우선시 한대.

볼리비아에서는 "왜 약속 안 지켰어?"
라고 묻는 게 오히려 비상식적인 것 같아.

정말 희한하지?

* 이 얘기 알아?
'시원시원하고 자잘한 데에는 신경 쓰지 않는 혈액형' 하면
O형이겠지?
그런데 중국에서는 A형이 그런 이미지래.

정말 희한하지?

* 이 얘기 알아?
우리는 어렸을 적에, 누가 머리를 쓰다듬어 주면
마음이 편해졌잖아.
그런데 태국에서는 절대 그러면 안 된대.
그게 굉장히 실례되는 행동이라네.

정말 희한하지?

* 이 얘기 알아?
북극권의 이뉴잇이라는 부족 중에는
손님이 오면 밤에 그 집의 안주인이 알몸으로
손님 이불 속으로 들어온대.
그게 손님에 대한 최고의 대접이라나?

정말 희한하지?

＊ 이 얘기 알아?
'어깨가 뭉친다' 는 게 어떤 느낌인지 서양 사람들은 모른대.

정말 희한하지?

＊ 이 얘기 알아?
옛날 사람들은 달릴 때
오른손, 오른발이 동시에 앞으로 나갔대.
옛날에 그려진 파발꾼 그림을 보면 알 수 있지.
요즘 사람들의 달리는 모습하고는 완전히 반대야.
옛날 사람들은 그게 더 빠르다고 생각했고,
실제로 그렇게 달리는 게 더 빨랐어.
즉, 생각에 따라 다르다는 얘기.

정말 희한하지?

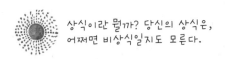
상식이란 뭘까? 당신의 상식은,
어쩌면 비상식일지도 모른다.

정신 건강의 기준

정신과 의사인 나카이 히사오^{中井久夫} 교수는 서양의학을
공부해서 환자를 치료했다.
정신과의 경우, 가장 큰 고민은
환자가 어떤 상태일 때, 퇴원 허가를 내주어야 하는가,
그 판단 기준일 것이다.

그래서 나카이 교수가 고심 끝에 내놓은 것이

'정신 건강의 기준'

정신이 건강의 증거라 할 수 있는 이 기준은
입원 병동의 간호사들에게 배포되었다.

정신과 환자가 그 상태가 되면

병이 회복된 것으로 판단하여
퇴원 허가를 내 주도록 한 것이다.

이후, 이 기준에 합격한 환자 중에서는 자살자가 나오지 않았고,
무사히 사회에 복귀할 수 있게 되었다고 한다.

나카이 교수가 생각한
'정신 건강의 기준'의 일부는 이렇다.

- 하기 싫은 일은 자연스럽게 뒤로 미루는 능력
- 가능하면 그만두고 싶다고 생각하는 능력
- 혼자 있을 수 있는 능력, 또 둘이 있을 수 있는 능력도 필요
- 거짓말할 수 있는 능력
- 적당히 타협하는 능력, 오기 부리지 않는 능력
- 해야만 한다는 느낌에 대항할 수 있는 능력
- 무리하게 정신을 통일하지 않는 능력

당신이 잘못 읽은 게 아니다.

적당한 선에서 그만두는 능력이 없는 사람은 퇴원이 불가능하다.
거짓말을 할 줄 모르면 퇴원이 불가능하다.

적당하다는 것은 적절하다는 것.

당신은 이상적인 당신의 모습에
억압당하고 있지는 않은가?

목표에 얽매여 발 밑의 민들레를 지나치고 있지는 않은가?

 지금의 당신에게 OK 사인을 보내자.
그리고 때로는 호기심이 향하는 대로 움직여 보자.
그것이 당신의 목표에는
길가의 잡초일지라도. 돌아가는 먼 길일지라도.
Take it easy!

출전_「모리켄 어록집」 http://www.moritaken.com

신을 움직이게 하는 방법

주변 사람들에게 사랑받고,
끊임없이 즐거운 일이 생기게 하는 방법이 있다.
이것도 고바야시 세이칸 박사한테 전수받은 거지만.

일단, 당신 주변인물 가운데
'이 사람이 곤경에 처하면 나는 무슨 일이 있어도 돕겠다.'
는 생각이 드는 친구 한 명을 떠올려 보자.

당신은 왜,
그 친구를 떠올렸는가?
그 사람의 어떤 점이
당신으로 하여금 돕고 싶다는 마음이
들게 한다고 생각하는가?
그 답을 알면

끊임없이 즐거운 일이 생기는 비결도 알게 된다.

당신이 떠올린 친구는, 아주 작은 일에도
대단히 기뻐해 주는, 그런 사람이 아닌가?

동물에는 없는 인간만의 본능.
그것은 '상대가 기뻐해 주면 흐뭇' 해지는 것이라고 한다.
그러니까 기뻐해 주는 사람은 사랑받는다.
사람은 누가 기뻐해주면 의욕이 생기는 법이니까.

자, 무지개가 자주 눈에 띄는 사람은 어떤 사람일까?

무지개를 굉장히 좋아하는 사람이다.

차를 마실 때, 찻잎 줄기가 자주 서는 사람은 어떤 사람일까?

평소에 찻잎 줄기가 서면 굉장히 기뻐하는 사람이다(일본에서는
차를 마실 때, 찻잎 줄기가 서는 것을 길조로 여김).

만약 신이 있다면, 그 역시
작은 행복이나 사소한 일에도
기뻐하는 사람을 더 도와주고 싶어할 거라는
생각이 들지 않는가?

뭘 해 줘도 뚱하고 있는 사람.
작은 일에도 기뻐하는 사람.
당신은 누구를 더 응원하겠는가?

일상의 사소한 것에서 기쁨을 발견해가다 보면
끊임없이 즐거운 일, 기쁜 일이 생긴다.
만약 돈의 신에게 사랑받고 싶다면…… 100원짜리 동전만
주워도 뛸 듯이 기뻐해야겠다(^_^).

출전_『궁극의 손익계산』고바야시 세이칸

아름다운 연꽃을 피우려면

당신은 지금 어떤 인생을 살고 있는가?
고민하고 있는가? 괴로운가?
그렇다면······.

당신의 인생은
커다란 꽃송이를 피울지도 모른다.

아름다운 연꽃을 피우는 조건을 알고 있는지.
연꽃이 어떤 상황에서 아름답고
큰 꽃송이를 피운다고 생각하는가?

깨끗한 물에서는
3~4센티미터 크기의 꽃을 피운다.
하지만 진흙투성이 물에서는

큰 것은 20센티미터나 되는 꽃송이를 피워낸다고 한다.

연못의 물이 탁하면 탁할수록
연꽃은 더 아름답게, 그리고 더 크게 피는 법이다.

 조금 더. 조금만 더.
그 조금 더가 당신을 커다란 연꽃으로 만들 것이다.
동트기 직전이 가장 어두운 법.
이제 조금만 더 기다리면 된다.

출전_『사는 대사, 죽는 대사』 고바야시 세이칸

· · · · · · · · · · · ·

일

· · · · · · · · · · · ·

질문이 인생을 바꾼다

느닷없기는 하지만,
당신이 어느 건물의 소유주라고 가정해 보자.

"엘리베이터가 너무 느려요. 너무 오래 기다려야 해요."
입주자들로부터 이런 불만이 들어왔다.

자, 이제 당신은 어떻게 대응하겠는가?

*엘리베이터를 추가 설치한다.
*더 큰 엘리베이터로 교체한다.
*다양한 업종의 점포를 입주시켜
 개점, 폐점 시간을 다르게 한다.

다양한 대응법이 있겠지만,

위의 대응법은 모두 시간과 비용이 들 것이다.

시카고의 어느 빌딩 소유주는 실제로
이런 문제에 직면한 적이 있었다.

"엘리베이터가 너무 느려요. 너무 오래 기다려야 해요.
이 상태라면 우리가 이사 가겠어요."

라는 민원이 들어오고 말았다.

아, 큰일이다.

그런데, 민원은 다음 날 바로 사라졌다…….

어떻게 된 걸까?

다음 날, 엘리베이터 문 옆 벽에는
거울이 붙어 있었다.

'어떤 방법으로 엘리베이터를 증설할 것인가?'

이 문제를 해결하려면 돈이 든다.
하지만 건물주는,

'어떻게 하면 기다리는 동안의 초조함을
해소할 수 있을까?' 를 질문했던 것이다.

질문이 바뀌면 답도 바뀌는 법.

다른 예를 하나 더 들어보자.
어느 조미료 회사에서 실제로 있었던 일이다.

조미료 매출이 하락하기 시작하자
회사에서는 대책회의를 열었다.

'어떻게 하면 매출이 오를까?'

우수한 사원들이 모여, 아이디어를 모아 다양한 시도를 했으나
결국 매출은 그다지 오르지 않았다고 한다.

그때,
이렇게 말하는 젊은 여직원이 있었다.

**"조미료가 나오는 구멍을
2배로 넓히면 어떨까요?"**
시험 결과, 매출 2배 상승.
그 직원은 질문이 달랐던 것이다.

'어떻게 하면 매출을 올릴 것인가?'
가 아니라,

**'어떻게 하면
재구매 시기를 앞당길 수 있을까?'**

인생을 바꾸는 비법.
그것은 질문을 바꾸는 데 있다.

혹시 당신도 지금 답이 없는 질문에 고심하고 있지는 않은가?

 벽에 부딪히면 질문을 바꿔 보자.
예를 들어 '나는 왜 인기가 없을까?'를 고민하지 말고,
'그때 인기가 있었던 이유'를 생각하자.

출전_『아이디어 모드』책 포스터

경쟁자는 누구?

와타나베 미키渡邊美樹.
와타미 주식회사의 CEO.
외식업계에 혜성처럼 등장한 「와타미和民」는
2000년에 도쿄증권거래소 1부에 상장.
지금은 일본 유수의 외식 기업으로 성장했다.

와타나베 씨는 스물 다섯의 나이에 회사를 세웠다.
그는 지난 20년에 걸친 경험을 통해
한 가지 깨달은 것이 있다고 한다.

무엇일까?

"경쟁자를 뒤쫓아도,
그들의 발자취를 따라가도,

그들을 추월할 수는 없다." 는 것.

와타나베 씨가 회사를 설립했을 때,
이미 「스카이락」은 1000호점을 넘어섰다.
외식 산업에 뛰어든 이상, 목표로 삼을 만한 성과 아닌가.

하지만 그걸 목표로 해서는
이길 수 없음을 깨달았다고 한다.

그렇다면 와다나베 씨의 경영 방침은?

그것은 기자의 질문에 대한 그의 답변에
응축되어 있다고 생각한다.

"와타미의 경쟁업체는 어디인가요?"

라는 기자의 질문에
와타나베 씨는 이렇게 답했다.

"어제의 와타미입니다."

주변은 관계없다.
중요한 것은 어제보다 더 발전하는 것.

어제보다, 어디 한 부분이라도 개선되는 것.
그런 노력이 쌓여 '와타미만의 개성'이 된다.

어제의 와타미보다 더 나은 오늘의 와타미.
와타미는 새로운 점포를 개점할 때마다
인테리어나 소재에 변화를 준다.

와타나베 씨는
'어떻게 하면 어제의 와타미보다 하나라도 더 나아질까?'를
생각하는 게 너무나도 즐겁다고 한다.

그는 이런 명언도 남겼다.

**"내일, 해야 할 일이 있다고 생각하면
설레어 잠이 오지 않습니다."**

우와!! 소풍 가는 기분으로 일을 하다니!

 어떻게 하면 어제의 나보다 1mm라도 더 나은 내가 될까?
그런 하루하루가 쌓여 나다운 내가 된다.
경쟁자는 '어제의 나'이다.

잘했어! 바보

미국 GE사의 가진제품개발 회의에서 있었던
유명한 에피소드다.

"사용하던 토스터를 방치하면
쥐가 꼬이니까 위생상 좋지 않습니다.
그러니 **쥐덫이 붙어 있는 토스터를**
만드는 건 어떨까요?"

라는 장난스러운 아이디어를 낸 직원이 있었다.

이 말에 상사는

"바보! 그런 게 팔릴 리 없지 않나!
진지한 생각을 하게!"

……라고 화를 냈을 것 같지만,

사실 실제 회의는 이러했다.

"토스터는 사용하다 말고 방치하면
쥐가 꼬이니까 위생상 좋지 않습니다.
그러니 **쥐덫이 붙어 있는 토스터를**
만드는 건 어떨까요?"

"참, 바보 같은 아이디어로군~♪
그런데 왜 쥐가 꼬이는 거지?"

상사는 바보 같은 의견을 낸 직원에게 물었다.

"빵 부스러기가 남아 있기 때문입니다.
앗!!!!
그렇다면,
빵 부스러기가 쌓이지 않는 토스터를 만들면
어떨까요?"

"그래, 그거야! 바로 그게!" by 상사

이렇게 해서 탄생한 GE사의 토스터는

세계적으로 선풍적인 인기를!

여하튼 엄청나게 팔렸다.

 바보 같은 말을 하는 사람도, 가끔은 예뻐해 주자.
정말 가끔만(^_^)

당신이라면 무슨 말을 넣겠는가?

하면 할수록 재미있어지는 것은?

"하면 할수록 재미있어지는 것을 ○○이라고 한다."

당신이라면 이 ○○에 무슨 말을 넣겠는가?
글자 수는 상관없으니 생각해 보자.

"하면 할수록 재미있어지는 것⋯⋯.
그것을 일이라고 한다."
by 일본 최고의 갑부, 사이토 히토리

 일을 즐기는 사람의 얼굴에는 미소가 있다.
출전_『사이토 히토리-15세에 시작된 성공 철학』 오마타 지로

'바쁜 척'으로 현실을 바꾼 남자

오사카의 남바難波라는 곳에서,
남자는 작은 오코노미야키 가게를 시작했다.
그런데 손님이 없었다.

썰렁. 썰렁. 썰렁.

"어떻게 하지?"

"어떻게 하면 손님이 올까?"

일단, 남자는 자전거에 배달 가방을 달고
부지런히 동네를 돌았다.
무조건 달렸다.
오늘도 내일도 달리고 또 달렸다.

손님도 없고 한가했으므로,
힘차게 페달을 밟았다.

그러자, 동네 사람들은

'저 가게는 배달 주문이 엄청나게 몰리는 가게.'

라고 생각하게 되었다. 그리고 얼마 지나지 않아, 가게는
손님들로 발 디딜 틈이 없게 되었다.

30년 후.
그 가게 「치보 ^{干房}」는 600명의 종업원을 거느린
일본 제1의 오코노미야키 전문점이 되었다.

남자의 이름은 나카이 마사쓰구 ^{中井政嗣}.

바쁜 척으로 일본에서 가장 바쁜 현실을 만들어낸 남자다.

손님을 부르는 것은 손님.
가게가 번창하기를 바란다면 바쁜 척을 해 보자.
'~척'이 돌파구가 될 것이다.
운運은 부르는 것. 움직이는 것.
운은 움직임 속에서 만들어진다.

출전_「상도」후지모토 기이치

최대 능력을 발휘하려면?

이치로 선수가 부상을 입지 않기 위해
몸을 사용하는 방법이 아주 재미있다.

예를 들어, 외야를 달리다가
펜스에 부딪칠 것 같으면
이치로 선수는 어떻게 할까?

반대로 힘을 뺀다.

'어린아이는 계단에서 굴러도 다치지 않는 경우가 많다.
그건 몸에 힘이 들어가 있지 않기 때문이다.'
라고 이치로는 말한다.

나는 학창시절, 신체도라는 무도를 배웠는데,

거기서 배웠던 것도

'힘 주지 않는 방법'

당수唐手에서 가장 효과적인 찌르기는
사실 힘이 들어가지 않은 상태에서
나온다고 한다.
무술인 중에도, 마치 취한 듯한 손놀림에
상당한 타격을 입는 경우가 있다.

그 이유는 취한 상태에서는 불필요한 힘이 들어가지 않기
때문이다.

사람은 힘이 들어가지 않았을 때
최대의 능력을 발휘한다.

그렇다면 비즈니스에서
힘이 빠지는 순간은 언제일까?

바로, 웃음이 터지는 순간이다.

사람은 신체 어딘가에 힘이 들어가 있으면 웃을 수 없기
때문이다.

그래서 나는 여럿이 모여 회의를 할 때는
어떻게 하면 이 자리에서 웃음이 만들어질까를
상당히 의식한다.

주객전도.
그만큼 업무는 뒷전인 경우가 많지만 말이다.

하지만 이상하게도
웃음꽃이 피는 곳에서는
기발한 아이디어가 나온다.

 한 방 날려야 할 때는 반드시 힘을 빼자.
비즈니스에서도 웃음은 필수.
웃음은 행복과 아이디어와 돈을 부른다.
코미디언들의 납세 순위를 보라.

여성 소비자 공략법
·······················

당신이 구두 사업을 한다고 가정해 보자.
그리고 영업차 아프리카에 가게 되었다.

아프리카에는 구두를 신은 사람이 한 명도 없었다.
자, 당신은 어떻게 할 것인가?

'낭패로군. 이 나라에서는 한 켤레도 팔지 못하겠어.'
이렇게 실망할 텐가? 아니면,
'이 나라는 구두를 팔 수 있는 시장이 무궁무진해.'
라고 기뻐할 텐가? 아니면,
'아프리카에 오기는 왔는데,
기린 우는 소리는 왜 이렇게 시끄러운 거야.'
이렇게 투덜거릴 텐가?
……나는 당신이 이렇게 생각하는 사람이었으면 좋겠다.

'와! 여기서는 양말도 같이 팔 수 있겠는걸!'

리포비탄 D를 히트시킨 사람은
분명 이런 사람이었을 것이다.

에너지 드링크는 몇 년 전만 해도
아저씨들 전용 음료였다.
때문에 정력제 같은 이미지가 있어
여성 소비자들에게는 외면당했던 것.

당연히 회사측은 여성 소비자들도 확보하고 싶었을 것이다.

하지만 아저씨들의 정력제라는
이미지가 고착되어 버린 드링크제는
여성 고객에게는 좀처럼 인기가 없었다.
무슨 수를 써도 소용없었다고 한다.

하지만 어떤 계기로 인해
여성 소비자들에게도 폭발적인 인기를 얻게 되었는데…….

그 계기가 무엇이었을까?

어린이용 리포비탄 D 탄생!

어린이용이 출시되자 정력제라는 이미지는
완전히 불식되었다.
그러자 여성들도 아무런 거부감 없이 사기 시작했다.
어린이용이므로 당연히 어린이도 마신다.

시장은 3배로 급성장했다.

대단하지 않은가!

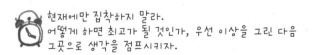
현재에만 집착하지 말라.
어떻게 하면 최고가 될 것인가, 우선 이상을 그린 다음
그곳으로 생각을 점프시키자.

100% 실패하지 않는 방법

절대 실패하지 않는 방법, 알고 싶은가?

그것은…….

도전하지 않는 것이다.

심리학자인 에토 노부유키 선생은
20년 이상 기업 현장에서 카운슬링을 하고 있는데,
그는 그 경험을 통해 잘나가는 사람들의
공통점을 발견했다고 한다.

그것은…….

엄청 많이 실패하고 있다는 것.

에토 노부유키 선생은 이렇게 말한다.

'실패야말로 최고의 웃음 소재다.'
'특히 젊을 때는 만신창이가 될 정도로 실패해 보라.'
'실패와 성공의 횟수는 비례한다.'

 실패 만세♪
생명은 바다에서 태어났는데
인간이 지금 육지에서 살고 있는 이유가 멀까?
우리의 먼 조상 가운데 어쩌다가
바다에서 육지로 나온 부적응자가 있었기 때문이다(^_^).

이야기_일본 멘탈헬스협회, 에토 노부유키 http://www.mental.co.jp

이런 회사는 처음

고야마 노보루^{小山昇}씨의 명언 가운데 이런 게 있다.

고야마 씨는 2001년 정보화 촉진공헌 기업으로
「경제산업대신표창」을 수상한
주식회사 무사시노의 사장이다.

인터넷이 보편화되기 전에
어떻게 아저씨 직원들에게
인터넷을 이해시킬 것인가.
활용하게 할 것인가.

고야마 사장의 작전이 정말 재미있다.

당신이라면 어떻게 할 것 같은가?

인터넷을 전혀 모르는 아저씨들이
인터넷을 업무에 능숙하게 활용하도록 하기 위해
어떤 교육을 하겠는가?
엄청난 비용을 들여 연수를 시키겠는가?

고야마 씨의 교육 방법은 한마디로 이랬다.

"어이, 내일부터 이걸로 성인 사이트를 보게!"

우와~!
만약 보지 않았다면, "이봐, 자네는 왜 말을 안 듣나?" 하고
야단을 맞았을지도 모른다.

이리하여 직원들은 인터넷 세상을 단번에 이해하고
2000년도 일본경영품질상을 수상했다.

 당신은 지금도 충분히 보고 있으니 보지 않아도 될 듯(^_^)

출전_『간다 마사노리 대담 오디오 세미나』
『하위 집단이 일본경영품질상을 수상하게 만든 경영시스템이란』
주식회사 무사시노, 고야마 노보루 사장

아, 괜찮아, 괜찮아

IBM은 한때 1조 엔의 적자 때문에
도산 위기에 처한 적이 있다고 한다.

그때 등장한 인물이 루이스 거스너.
IBM을 재건시킨 전설의 남자.

루이스는 1조 엔의 적자 앞에서,

"적자 1조 엔? 아, 괜찮아, 괜찮아."

라고 했다고.

내게 5년을 달라.
원상 복구해 놓겠다.

그래서, 5년 후 어떻게 되었을까?
그래서, 5년 후 어떻게 되었을까?
결과적으로는 5년씩이나 필요하지도 않았다.

1년 후에는 1조 엔 적자 보전은 물론,

4000억 엔에 달하는
흑자까지 만들어냈다.

 '에이, 그건 못해요. 불가능합니다.'라고 말하면
거기서 stop.
일단, '괜찮아.'라고 생각해야 새로운 무대가 열린다.
능력 있는 남자는 먼저 '괜찮아.'라고 말한 다음,
'이제 어떻게 하면 해낼 수 있을까?'를 생각한다.

하느님의 명품 아이디어

실제로 있었던 이야기다.

어느 곳에 폴로셔츠를 만드는 장인이 있었다.
그는 매일같이 폴로셔츠를 만들었다.
하지만 팔리지가 않았다. 그래도 만들었다.
그래도 팔리지 않았다.

그러던 어느 날, 꿈에 하느님이 나타나
장사가 안 돼 힘들어하는 그에게 이렇게 말했다.

"악어를 붙이거라."

그 후, 이 폴로셔츠는
세계적으로 폭발적인 인기를 끌었다.

「라코스테」는 이렇게 탄생했다.

자, 하느님의 조언이
대단히 구체적이었다는 점에 주목하자.

"폴로셔츠에 마크를 붙여라."

가 아닌 것이다.

꿈이었으므로 길게 조언해도
그가 눈을 떴을 때는 기억하지 못할 가능성도 크다.

그래서 한마디.

"악어를 붙여라."

과연 하느님!
과연 nice 명품 아이디어다!

 끊임없이 질문하면, 꿈에 답을 얻기도 한다.
꿈 속의 메시지는 한마디도 놓쳐서는 안 된다.
'돼지'가 아니라 '악어'라는 점. 센스 만점 하느님!

전설을 만드는 법

무일푼으로 카메라 대리점 신화를 일군
사토 가쓰히토佐藤勝人의 전설적인 이야기다.

사토 청년은 도치기栃木 현 시라사와白沢 거리에서
60평 규모의 카메라 대리점을 시작했다.
그의 나이 24세.

결과는 참패.

그래도 개업 후 3일 동안은
각 회사에서 세일 판매를 위해 파견된 영업사원들의
도움으로 매출이 있었다.

하지만, 이때 사토 청년은

믿기지 않는 사실을 깨달았다.

세일이 끝난 후에는
카메라 회사에서 영업사원이 파견되지 않는다.
즉, 내일부터는 아무도 오지 않는 것이다.

'아, 종업원 채용하는 걸 깜박했네!'

아이쿠!
아무리 그래도 봐줘야 할 것 같다.
사토 가쓰히토. 당시 24세였으니.

그는 종업원이 필요하다는 것조차 생각 못하고 매장을 열었다.
무턱대고 매장을 연 용기에 일단 박수!

그의 필사적인 노력은 이때부터 시작되었으니 말이다.

이렇게 사업에는 문외한이던 그가
과연 대형 대리점을 이길 수 있을까?

결과부터 먼저 말하면,

그는 해냈다.

도치기 현 내에서 SLR 카메라 판매 점유율 70%
콤팩트 카메라 판매 점유율 55%
비디오 카메라 판매 점유율 45%
관동 고신에쓰^{야마나시·나가노·니가타}^{현북부} 지역 카메라 매출
5년 연속 No.1.

창업 당시 깜박했던 종업원도 지금은 130명.

사업에 무지했던 24세의 젊은이는
어떻게 '전설'이 되었을까?

작고, 작고, 작은 분야 1등을
돌파구로 삼았다.

비디오도 세탁기도 아닌
일단은 주력 분야인 카메라에 집중했다.
하지만 카메라에만 집중해도 1등은 될 수 없다.
더 들어가 제조회사를 특화.
SONY로 결정.
더 들어가 SONY 중에서도 기종을 특화.
비디오 카메라로 결정.
SONY의 비디오 카메라를
철저하게 공략하자!

이 정도로 포인트를 좁혀 집중 특화하니
예상보다 빨리 지역 1등 점포가 되었다고 한다.

그때. 결정적인 한방!

「도치기 현에서 SONY 비디오 카메라를
가장 많이 파는 점포, 사토 카메라」

라는 광고지를 만들어 돌렸다.

소비자에게는 '가장 많이 파는 점포' 라는
문구만 기억에 남는 법이다.

이렇게 범위를 좁히니
가게에는 SONY의 비디오 카메라를 원하는
손님들이 찾아온다.
그리고 점포에는 SONY의 비디오 카메라에 대해
무지막지하게 해박한 직원이 대기하고 있다.
회사도 자신감이 생기고, 직원도 자신감이 생긴다.

이즈음 상승 기류가 감돌기 시작했다.
작은 1등이 되고 나니 이제는 거침이 없었다.
그의 사토 카메라는 타의 추종을 불허하는

업계 최초, 압도적인 지역 1등이 되었다.

전설은 작고 작은 No.1에서 시작되었다.

 철저하게 작고 작게 특화하고
거기서 작은 1등이 되자.
당신이 1등이 될 수 있는 분야는 무엇인가?

출전_『일본 최고의 광고지는 이렇게 만들어라』 사토 가쓰히토

실적이 저조한 사람들의 공통점

오마에 켄이치^{大前研一}가 맥킨지 시절,
자동차 회사 컨설팅을 담당했을 때의 일이다.

오마에 씨는 일단 현장을 파악하기 위해
영업사원을 대상으로
3인 1조 인터뷰를 했다.

이런 식으로 전국적으로 인터뷰를 하다 보니,
■ 실적이 좋은 영업사원
■ 실적이 낮은 영업사원
차이가 확연히 보이기 시작했다고 한다.

실적이 저조한 영업사원들의
공통점은 무엇일까?

실적이 저조한 영업사원들은 한결같이
어떤 한 가지를 아주 잘했다고 한다.

무엇을 잘했냐 하면……

팔리지 않는 이유를
엄청나게 잘 설명한다는 것.

그러니까 고객이 상품에 대한 불만을 말하면,
기다렸다는 듯이
상품의 결점에 대한 지론을 장황하게 설명해 버린다.

예를 들어 고객이,

"이번 신차는 진동 소음이 심하네요."
라고 말하면, 실적이 낮은 영업사원은
고객의 지적을 그대로 수용하며,

"엔진을 중시했기 때문에
진동음이 다소 시끄러워졌습니다."
라고 논리정연하게 설명을 시작한다.

그렇다면 실적이 좋은 영업사원들은 어떻게 대응할까?

"네? 소음이 심한가요?
그럼, 저랑 같이 시승을 한번 해보실까요?"
라고 말하며 차에 올라타,
"그런데 쇼핑은 어디로 가시나요?"
등 차량과는 관계없는 이야기로 시작해, 마지막은
"자, 그렇게 시끄럽지 않지요?"
로 마무리한다고 한다.

그러면 고객의 반응은
"아, 생각보다 괜찮네요. 이 차, 사겠습니다." 가 된다.
대화를 하고 있었으니 당연히 소음이 안 들렸겠지(^_^).

실적이 저조한 영업사원은

부정적인 측면, 결점에 과민.

실적이 좋은 영업사원은

부정적인 측면, 결점에 둔감.

 무결점이 일류의 필요충분 조건은 아니다.
판매왕들은 오히려 자신의 결점에 둔하다.
당신의 단점, 괜찮다!

출전_「닷컴 업무기술」 오마에 켄이치

성공은 선착순

오사카에 어떤 홍보 문구 하나로
매출이 7.5배나 늘어난 자전거 점포가 있었다.

그 내용은,

'펑크 수리 5분이면 OK!'

5분이면 분명히 빠르기는 하지만,
사실 초보인 나도 펑크 수리는 10분 정도면 가능하다.

훈련받은 전문가라면 누구라도 5분에 가능하지 않을까.

문제는 그 한마디를 생각해 낼 수 있느냐 없느냐,
문제는 그 한마디를 홍보에 이용하느냐 마느냐.

거기에 있다.

한 가지 예를 더 들어 보자.

건물 4층에 위치한 레스토랑.
1층 엘리베이터 안내판에 짧은 문구 하나를 붙임으로써
매출이 급증했다.

그 짧은 문구는……

'야경 무료'

63빌딩 고층에 위치한 레스토랑이 아니다. 고작 4층. 야경이라
하기도 뭣한 야경을 '야경 무료' 라고 당당히 어필한 것.

'이봐요, 4층이잖소!' 라고 말해주고 싶지만,
아무튼 매출은 급증했다고. (^_^)

먼저 움직인 사람이 승리자다.

 당신 회사의 서비스나 당신 자신을 한마디로 표현해 보자.
그리고 광고하자. 장점이 없어 걱정인가? 괜찮다. 당신도
분명히 장점이 있다. 4층도 '야경 무료'라지 않은가! (^_^)

출전_「개선 포엠」 마쓰자키 슌도

일류의 조건

호텔 프런트 주변 어딘가에서
호텔 직원과 손님이 여유롭게 수다를 떨고 있다면
그 호텔은 틀림없는 초일류 호텔이라고 한다.

이류 호텔에는
여유롭게 담소를 나누는 손님이 없다.

일류 호텔에는 사무를 신속하게 처리하는
보이는 프런트 직원과
고객의 하찮은 이야기에도 확실하게 대응하는
보이지 않는 프런트 직원이 있는 것이다.

장기 투숙 고객은
얘기 상대가 없어 적적하기도 하다.

남편의 일 때문에 같이 머무르고 있는 부인은
남편이 회의하러 나가면 심심할 테니까.

그런 투숙객을 위해 능숙하게 이야기 상대가 되어 주는 것.
이것이 보이지 않는 서비스다.

참, 별것 아닌 것 같지만,

상당히 괜찮은 서비스 아닌가?

최고의 서비스가 잡담에 확실하게 응대하느냐 아니냐에 의해
판가름 나는 것이다.

고객이 마음 편히 지내기 위해 우리가 할 수 있는 일은 무엇인가.
사소한 것 하나도 놓치지 않겠다.

그런 정신이 느껴진다.

서비스에는 2가지 종류가 있다.
기능적인 서비스와 감동을 주는 서비스.
즉, 보이는 욕구와 보이지 않는 욕구.
이 둘을 모두 만족시켰을 때, 일류라는 호칭이 붙는다.

출전_「당신의 서비스가 전설이 된다」나카타니 아키히로

N극과 S극

. . . .

며칠 전 방문했던 이탈리안 레스토랑의 메뉴 중에
차가운 스푼 위에 바닐라 아이스크림과
푸아그라를 얹은 것이 있었다.

꽁꽁 얼어붙은 스푼과 바닐라 아이스크림.
여기에 따끈따끈한 푸아그라.
달콤한 바닐라에 짭짤한 푸아그라.
이들이 순간적으로 입 안에서 하나가 된다.

차가운가?
뜨거운가?
달콤한가?
짠맛이 나는가?

나는 속으로 이렇게 말했다.

'하나 더 추가요.'

 '아이디어'는 극단적인 것들을 조합했을 때 탄생한다.
그리고 극과 극은 자석의 N극과 S극처럼 궁합이 좋다.
나와 정반대인 사람과 한 팀이 됐을 때 '아이디어'가 탄생한다.
꺽다리와 땅딸보, 홀쭉이와 뚱뚱이처럼.

불가능한 곳까지 가는 법

회사를 그만두고
스물이라는 나이에 권투를 시작해
세계 최정상의 자리에 선 남자가 있다.

WBC 세계 S 플라이급 챔피언,
가와시마 가쓰시게川嶋勝重.

일반적으로는 절대 있을 수 없는 일이다.
아무리 노력해도 불가능한 일이다.

**그는 어떻게 불가능을
가능으로 만들었을까?**

가와시마의 비밀에 다가가 보자.

가와시마가 다니던 체육관에
아주 열심이던 후배가 있었다고 한다.

그 후배는 고등학교 2학년.
도쿄대에 들어가고 프로도 되겠다며...
엄청나게 열심히 연습했다고 한다.

선배인 가와시마에게
매일같이 조언을 구하는
귀여운 후배이기도 했다.

그러던 어느 날,
아르바이트 때문에 운전 중이던 차량의 라디오에서
지하철 탈선 뉴스가 흘러나왔다.
반대쪽에서 오던 열차와 충돌했다는 뉴스가.

4명의 사상자 가운데 익숙한 이름이 있었다.

'설마, 에이, 그럴 리 없겠지.'

하지만 체육관에 도착해보니
체육관은 기자들로 북적이고 있었다.
후배가 죽었다.

세계 챔피언, 가와시마 가쓰시게는 이렇게 말한다.

"지쳐 포기하고 싶은 순간에,
나를 일으켜 세워주는 원동력이 그 후배다.
내 안에는 **그 녀석을 위해서라도**
해내야 한다는 생각이 있다.

중요한 시합을 앞두고는 반드시 그 후배의 집을 찾아가
향을 피운다. 후배의 부모님이 무척이나 반가워하신다.

'아들의 몫까지 열심히 해달라.
너는 할 수 있으니 끝까지 해주기 바란다.' 는 말과 함께.

시합이 있을 때면 항상 링 바로 앞에서 응원해 주시니
두 분을 위해서라도 열심히 해야겠다는 생각이 든다."

 '나를 위해' 만으로는 한계가 있는 것 같다.
'그 사람이 기뻐하는 모습을 보고 싶어서' 일 때, 사람은
불가능한 곳까지 갈 수 있다.

출전_「지치」 2005년 4월호(지치출판사)

거대 메이저의 법칙

10년쯤 전이었던 것 같다.
어느 잡지에서 설문조사를 했다.

아직 알려지지 않은 작은 벤처기업 사장들에게
이런 질문을 했다.

"성공하면 무엇을 하겠는가?"

당신은 무엇을 하겠는가?

돈도 명예도 지위도 있다.
그렇다면 무엇을 하고 싶어질까?

아직 무명인 벤처기업 사장들의 대답은 이랬다.

"따뜻한 남쪽 섬에서 여유롭게 살고 싶다."

이런 분위기의 대답이 대부분이었다고 한다.

그런데 다른 대답을 한 사람이 딱 3명 있었다.

그 3명은…….

라쿠텐의 미키타니 사장
사이버 에이전트의 후지타 사장
온더엣지의 호리에 사장

지금은 초초초 거대 메이저가 된 3인방이다.

사실 이 셋은 같은 취지의 대답을 했다.

성공하기 전,

"성공하면 무엇을 하겠는가?"

라는 질문에 그들은 뭐라 답했을까?

"당연히 다음 사업을 해야지요."

행복도 성공도 종착역은 없다.

 '하지 말라'고 말려도 그들에게는
하고 싶은 일이 있었던 것이다.
당신은 '하지 말라'고 말려도 하고 싶은 일이 있는가.
'사람은 하고 싶은 일 외에는, 아무 것도 하지 못한다.'
By 윌리엄 버로스

출전_「나는 26살에 억만장자가 되었다」후지타 스스무

....

돈

....

부자는 깨끗한 걸 좋아한다?

금전운이 좋은 사람과 그렇지 않은 사람의 차이는 뭘까?

어느 풍수지리 전문가에게
살짝 배운 그 비밀.

비밀이니까, 남들 눈에 띄지 않도록
나도 작은 글씨로 살짝.

금전운이 있는 사람한테는 좋은 향기가 난다.
금전운이 없는 사람한테는 불쾌한 냄새가 난다.

 돈의 신은 나쁜 냄새와 더러운 걸 싫어하는 모양이다.
욕조에 몸을 담그고 여유롭게
몸도 마음도 정리정돈하며 살자.
대부호들은 하나같이 청결하고, 목욕을 즐긴다.

부자의 사고법
....

「제로 베이스 사고」라는 게 있다.

예를 들어, 책을 읽다가 재미가 없으면
독서를 멈출 수 있는가.
지금 별 문제 없이 하고 있는 일을
만약 하지 않는다면…….
다시 하고 싶을까,

제로 베이스로 돌아가 생각해 본다.

그 사람과 사귀지 않았다면?
다시 사귀고 싶은 사람일까?

그 일을 하고 있지 않다면?

다시 하고 싶을까?

자문해 보는 것이다.

**이런 제로 베이스 사고는
매우 중요하다.**

그래도 직접 구입한 책이니
시시하지만 끝까지 읽자는 사고방식은
금전적인 손해는 없을지언정
생명을 낭비하는 일인지도 모른다.

왜냐하면, 생명은 시간이니까.

시간 안에 생명이 있다.

 투자를 했다 해도
아니다 싶으면 중단하는 결단력도 중요하다.
'그렇다면 이 책도?'
'아~~아니, 이 책은 끝까지 읽으셔야죠~~~.'

25세 억만장자

혼다켄本田健의 저서
《부자가 되려면 부자에게 점심을 사라》에 소개된
25세 억만장자, 가미오 료의
강연회에 참석한 적이 있다.

질의응답 시간에 이런 질문이 나왔다.

**"1억 엔짜리 복권에 당첨되면
당신은 어떻게 할 것인가?"**

일단, 이 질문에 박수를 보낸다.

억만장자한테
'1억 엔짜리 복권에 당첨된다면?' 이라니!

보통은 생각하기 힘든 질문이다.

가미오 씨는 뭐라 대답했을까?

**"일단 투자 등을 통해
그 돈을 2배인 2억으로 만든 다음,
1억 엔을 쓰겠다."**

돈을 어디에 쓰겠냐는 질문에는
애초에 초점을 맞추고 있지 않다.

그는 우선, 질문을 듣자마자 돈을 늘릴 생각을 했다.
이것이 억만장자가 되는 사람의 사고방식이다.

가미오 씨는 거꾸로 우리에게 이런 질문을 던졌다.

"새로운 일을 시작할 때,
1주일 후에 시작하는 사람과 내일부터 시작하는 사람,
누가 성공할 것 같은가?"

당신의 의견은?

가미오 씨는 이렇게 말했다.

"유감스럽게도

둘 다 성공 가능성은

대단히 낮다고 생각한다."

1주일 후에 시작하는 사람도, 내일부터 시작하는 사람도
성공 가능성은 낮다고 한다.

"성공하는 사람은

당장 그날부터 일에 착수한다.

작은 일도

오늘부터 시작해야 한다!"

 오늘 당장 시작하는 사람이 성공한다.
오늘부터! 오늘부터다!
오늘부터 시작하라니, 너무하다고 생각하는가?
하지만, 현자는 어제 끝냈다!

이야기_가미오 료 「IQ 꿈대로 살다, 행복한 부자로 가는 여행 http://www.my-ir.com

억만장자가 되는(듯한 기분이 드는) 방법

문화인류학자가 발견한 재미있는 사실이 있다.

19세기의 에스키모는 얼음 위에서
알몸!!!으로 잠을 잤다고 한다.

상상해 보라.
엄청나게 추웠을 것이다.
하지만 에스키모들은 알몸으로 자도
동상에 걸리지 않았다.

그런데 만약 요즘 에스키모들이 그렇게 한다면
금방 동상에 걸릴 것이다.

왜일까?

이렇게 변한 계기는 무엇이었을까?
문화인류학자가 조사를 통해 그 원인을 밝혔다.

그것은 바로,
서양의학이 도입되면서

**'그런 행동을 하면
당장 동상에 걸릴 것이다.'**

는 경고를 받은 순간, 동상에 걸리기 시작했다고 한다.

'동상에 걸릴 것이다.' 라는 말을 들은 순간,
순순히 동상에 걸리는 나약한 인간들이라니……

굉장한 가능성이 있지 않은가!

요즘은 별로 눈에 띄지 않지만,
예전에는 한겨울에도 반바지에 티셔츠를 입는
초등학생들이 있었다.

그런데 어른이 되면
왜 코트 같은 걸 걸치는 걸까?
"당신, 안 추워요?" 라는 말을 들었기 때문인지도 모른다.

학창시절 생물 시간에 배운 물고기 이야기.

좁은 어항 속 5마리의 수컷.
수컷들만의 세상.

그러자 몇몇 수컷이

'온통 수컷뿐이잖아.
내가 암컷이 되어 볼까?'

이렇게 암컷이 된다.
이런 물고기, 정말로 있다.

 물고기는 순식간에 수컷에서 암컷으로 바꾸는데,
그에 비하면 억만장자쯤이야~
누워서 떡 먹기 아닐까? 그럴 것 같지 않은가? (^_^)

출전_『호모 바지들에게』 구리모토 신이치로

대부호의 비밀이 담긴 과자

상장기업 100개사 이상의 대주주이며
일보 최고의 개인 투자자, 다케다 와헤이^{竹田和平}.

그는 다마고 보로로 유명한 제과 회사인
다케다 제과의 경영주이기도 하다.

여러분은 혹시 이 다마고 보로에
대부호의 '비밀'이 감춰져 있다는 사실을
알고 있었는지?

차례대로 설명해 보자.

다케다 사장은 이 다마고 보로를 만들 때,
따뜻하게 품어 줘도 부화하지 못하는

싸구려 달걀은 쓰지 않고
전후 창업 당시부터 유정란만을 고집했다고 한다.

하지만 어떤 달걀을 쓰든
과자로 만들어 놓으면 맛은 같다.
게다가 전쟁 직후,
과자 재료 따위에 신경 쓰는 사람은 없었다.

유정란은 가격이 3배나 비싸기 때문에
경쟁사들은 당연히 저가의 달걀을 사용했다.

다케다 사장은 이윤이 적은데도
왜 굳이 유정란을 사용한 걸까?

"아니, 그게 말입니다,
이윤이 증가하니 신기한 일이죠."

서서히 소비자가 늘어
1965년에는 시장 점유율이 60%가 넘었다.

'이대로 두면 100%가 되겠다.'

경쟁사가 없으면 초심을 잃을 우려가 있기 때문에,

다케다 사장은 거꾸로 더 이상 점유율을 늘리지 않도록
노력했다고 한다.

이 얼마나 멋진 노력인가!

사실, 본론은 지금부터다.

전후부터 재료에 각별했던 다케다 사장은
지금도 그 최전선을 달리고 있다.

그 전략은 초등학생도 웃을 정도로 단순하다.

그 전략이란……

제조 과정에서 과자에 대고
'고맙습니다.' 라고 인사하는 것.

자, 설명해 보자.

예를 들어 화가 났을 때 나오는 날숨을 봉지에 넣고,
그 안에 모기를 넣으면
그 모기는 몇 분 안에 죽는다.
반대로 웃을 때 나오는 숨을 넣은 봉지에서는

한참을 산다고 한다.

'재료 다음에는
만드는 사람의 심리 상태를 중시하는 시대가 올 것이다.
만드는 사람의 마음이 파동의 형태로
제품에 전해지기 때문이다.'

이것이 다케다 사장의 생각이다.

그는 말한다.

"하루에 3000번 '고맙습니다.' 라고 말하라.
인생이 달라질 것이다."

'고맙습니다.' 라고 소리 내어 말하다 보면
자연히 웃게 되고
무엇보다 운이 좋아진다.

고맙다는 말은 40분에
대략 3000회 정도 말할 수 있다.

다케다 사장의 회사 직원들은
1시간 동안 '고맙습니다.' 라고 말하면

월급과는 별도로 수당이 지급된다고 한다.

1시간에 800엔.

다케다 사장은 이 돈이
최고의 다마고 보로를 만들기 위해
꼭 필요한 경비라고 생각한다.

이것이 폭발적인 효과를 발휘하고 있으니!

그리고 '고맙습니다.' 라고
큰 소리로 말하다 보니
모든 직원들이 다들 웃는 인상으로 바뀌었다고 한다.

이뿐 아니다.
공장에는 '고맙습니다. 고맙습니다.' 라고
녹음된 음성이 온종일 흘러나온다고 한다.

그러니 과자에는 출하될 때까지 대략
100만 번 정도의 '고맙습니다.' 가
들어가는 셈이다.

10년 후에는 어쩌면 제조 매뉴얼에

'고맙습니다' 가
필수 항목이 될 수도 있다.

 일단 40분 동안 '고맙습니다'라고 말해 보자.(^_^)
다마고 보로 성분 표시:
감자전분, 설탕, 달걀, 난황, 밀크 카라멜 등등과 100만 번의
'고맙습니다' 함유(^_^)

출전_『지치』 2005년 4월호, 다케다 와헤이·와타나베 쇼이치 대담
다케다의 다마고 보로 http://www.takedaseika.com/panf/bouro130.html

비즈니스에서 성공하려면

"독립해서 제 사업을 하고 싶은데
앞으로 어떤 분야가
가장 유망할까요?"

당신은 앞으로 어떤 분야가
가장 돈이 될 거라 생각하는가?

IT관련, 인터넷?
건강 사업?
아니면 노인인구가 증가하니
간병 분야?

이 질문에 대해
사이토 히토리 씨의 제자이며

자신도 부호 대열에 이름을 올린
시바무라 에미코紫村恵美子 사장은 어떤 대답을 했을까?

생각지도 못한 대답에 나는 깜짝 놀랐다.

그녀의 대답은,

"그 전에 행복해지세요.
행복하면 어떤 일을 해도 잘 됩니다.
행복을 느끼는 게 먼저예요."

행복이 먼저다.
행복이 먼저다.
행복이 먼저다.

 행복한 사람에게 적은 없다. 일단은 행복해지자.
그리고 사실은 지금이, 바로 지금이,
정말 행복한 순간임을 깨닫자!
강연 후에 시바무라 사장과 악수를 했는데,
손에서 느껴지는 부드럽고 따뜻한 온기에 깜짝 놀랐다.
참 좋았다.

출전_「감동 라이브 학원! 시바무라 에미코 사장 강연회」
http://www.takaramap.com/html/kandolive/index.html

연애

3초 만에 마음의 거리를 좁히는 방법

연애의 달인 퓨^{fuu} 씨에게 배운
3초 만에 마음의 거리를 좁히는
궁극의 방법, 2가지가 있다.

예를 들어, 당신이 엘리베이터를 타고
닫힘 버튼을 누르려는 순간,
누군가가 엘리베이터에 타려고 달려오는 중이라고 하자.

자세히 보니, 약간 호감 가는 스타일의 이성이길래
열림 버튼을 누르고 잠시 기다려 주었다.

자, 무사히 엘리베이터에 탄 상대가 한 말은?

90% 이상은 '죄송합니다!'

당신은 '약간 호감 가는 스타일' 이라고 생각하지만,
별로 신경 쓰지 않을 것이다.

엘리베이터에서 내리고 조금만 지나면
얼굴조차 생각나지 않을 터.

하지만, 그때 만약
'고맙습니다!'
라는 인사를 들었다면 어떨까?

'죄송합니다.' 보다 훨씬 마음에 와 닿지 않았을까?
조금은 두근거린 사람도 있을 것이다.
어쩌면 그 한마디에 사랑에 빠진
사람도 있을지 모른다.

'고맙습니다' '감사합니다' 라는 한마디는
마음의 거리를 단번에 좁혀주는 마법의 언어!

나의 마음을 직접적으로 표현해 주니까.
우리 감정에 진한 여운을 남기는
감사의 마음이 응축된 언어니까.

자신의 감정을 진실되게 전하니

상대방도 진실하게 받아들여 주는 것이다.

 세상에서 가장 아름다운 말.
그건 '고맙습니다.'와 '감사합니다.'
이 말이 자연스럽게 나올 때 당신의 인생도 변할 것이다.
고맙습니다. 감사합니다.
고맙습니다. 감사합니다.
고맙습니다. 감사합니다.

출전_「연애의 달인」 by fuu http://www.rentatu.com

100% 확률의 인기남

어떤 말 한마디만 하면
갑자기 인기가 급상승하는 친구가 있다.
주변 여자들로부터
거의 100%의 확률로 주목을 받는 것이다.

그 말을 입 밖에 내기 전까지는

완전히 평범 그 자체 ----.

과연 어떤 말일까?

"여기서 일해요."

바로 이 한마디!

막상 듣고 나면 별 것 아니지만,
여하튼 얘기는 이렇다.

그 여자들은 파리를 여행하는 일본 관광객들이고
내 친구(일본인)는 파리에서 일을 하고 있다.

일본에 있을 때는 특별할 것 없는 친구지만
파리라는 곳에서 "여기서 일해요." 라고 말하는 순간,
여성 관광객들의 인기를 독점하는 것.

어떤 특별한 말을 했거나
노력을 한 것이 아니며
외모가 뛰어난 것도 아니다.

그저,
인기 있는 장소에 있다는 것뿐.

바로 이것이 중요하다.

물건을 판매할 때도 마찬가지다.
그 상품이 어디에서 팔릴(인기가 있을) 것인가,
그 장소는 어디일까를 간파하는 게 중요하다.

같은 상품이라도 매장을 바꾸면
갑자기 판매량이 증가하는 경우가 흔히 있다.

 당신이 인기 있을 곳은 어디일까?
당신의 재능이 꽃필 수 있는 곳은 어디일까?
인생을 바꾸고 싶을 때,
장소를 바꿔보는 것도 좋은 방법이다.

당신은 좋은 남자? 좋은 여자?

당신은 좋은 남자인가?
좋은 여자인가?
겉모습을 말하는 게 아니다.

당신이 자신을 좋은 남자,
좋은 여자라고 생각하지 않는다면
그건 왜일까?

자신감이 없어서? 경험이 부족해서?
정말 그럴까?

나는 좋은 남자가 아니야.
좋은 여자가 아니야.
……라고 누가 정했는가?

나는 좋은 남자야, 좋은 여자야,
라고 생각하며 사는 인생과
나는 형편없어,
라고 생각하며 사는 인생,

어느 쪽이 즐거울까?
어느 쪽의 성공 확률이 더 높을까?

생각은 내가 하는 거니까,
누가 정해 주는 게 아니니까,
생각에 근거를 댈 필요도 없으니까.

**지금까지의 고정관념을
한번쯤 의심해 보지 않겠는가?**

오늘부터는 이렇게 생각하자.
나는 좋은 남자,
나는 좋은 여자!

하나의 사실에 대해서도 그를 보는 시각은 항상 두 가지가
존재한다. 그것은 당신의 자유. 그렇다면 나에게 도움이 되는
방향으로 해석하는 게 현명하지 않겠는가.
한 번뿐인 인생. 당신은 어느 방향을 보며 살고 있는가.

최고의 호스티스
....

일본에서 카바레 왕으로 이름을 날리며
한때 3000명의 호스티스를 거느렸다는 후쿠토미 타로[福富太郎].

3000명에 달하는 호스티스 중에서
최고의 정점은
어떤 여성이었을까?

미인은 아니었다고 한다.

취객은 배포가 커지기 마련이므로
내킬 때마다 팁을 뿌린다.
호스티스 팁으로 만 엔 정도는 가뿐하다.

당시의 만 엔은 지금보다 훨씬 가치가 컸다.

그런데 그녀는 그 돈을 받지 않았다.

만 엔을 거절하며 동시에
취객의 귀에 대고 이렇게 속삭였다.

"부탁이 있어요. 미안하지만, 1000엔만 주실래요?"
"1000엔 가지고 되겠어? 이유가 뭐지?"
라고 고객이 묻는다.

"우리 집 근처에 맛있는 라면집이 있어요.
그거 사먹으려고요."

고객은 그녀의 열렬한 팬이 된다.
그리고 고객은 다시 가게를 찾는다.

그때, 그녀는 고마웠다는 말과 함께
거스름돈을 돌려주었다고 한다.

라면 값의 거스름돈을 돌려주는 것이다.
정직하게도.

그녀는 이렇게 전설이 되었다.

이렇게 그녀는 그의 마음에 전설이 되었다.
아무리 미인이라도
전설을 이기지는 못한다.
그녀는 3000명의 호스티스 중에서
단연 최고가 된다.

'어떻게 하면 그 사람의 기억에 남을 수 있을까?
그 사람이 기뻐할까?'
최고의 자리에 오른 사람은 항상 이것을 생각한다.
소중한 사람의 기억에 남기 위해
당신은 무엇을 하고 있는가?

출전_「저절로 상대가 설득되는 대화술」 나카지마 다카시

세상에서 가장 오래 사는 비결

에토 노부유키 선생에게 들은 얘기다.

세계 최고령으로 기네스북 1위에 올랐을 때,
이즈미 시게치요泉重千代옹은
이런 명언을 남겼다(120세 237일).

그의 최고 장수 기록을 축하하는 파티에서
아나운서가 그에게 이렇게 물었다.

"어떤 여성을 좋아하세요?"

세계 최고령인 시게치요 옹은
수줍어하며 이렇게 답했다고.

"보기에는 이래도, 내가 응석받이라
연상을 좋아한다우."

시게치요 옹이 그 나이까지 장수할 수 있었던 것은
이런 유머가 덕분이 아닐까.
시게치요 옹의 연상은 지구 상에 존재하지 않으니까(^_^)

이야기_ 일본 멘탈헬스협회, 에토 노부유키 http://www.mental.co.jp

무서웠습니다!
·····················

신조 선수가 메이저리그 진출 후 맞이한 첫 홍백전.
첫 타석에서 내려와 그가 했던 말이 잊혀지지 않는다.

어떤 기자가 물었다
"메이저리그의 투수들은 어땠나요?"
그가 답했다.

"무서웠습니다."

"메이저리거들의 공이
예상했던 것보다 빨랐다는 뜻인가요?"

"아니요. 투수의 얼굴이 무서웠어요."

메이저리거 투수들이 이 말을 들었다면 화를 냈겠지.
아무튼 신조 선수, 정말 매력적인 남자다.

 어려운 순간에도 그것을 뛰어넘는
투지와 여유, 매력이 있어야 한다.

좋은 남자인지 아닌지 1분 안에 간파하는 법

외모에 속지 않고
1분 안에 진짜 좋은 남자인지 간파하는 방법이 있다.

사실, 좋은 남자의 이름에는 법칙이 있는데,

성의 이니셜이 H, 이름의 이니셜이 K

이런 남자는 100% 좋은 남자라고.

Hisui Kotaro^^
죄송. 농담은 여기까지.

지금부터 진짜 좋은 남자 판별법을 소개하겠다.

야마구치 요코 山口洋子.

작사가로 일본 레코드상 수상,
소설가로 나오키상을 수상한 작가.
그리고 그녀는 각계의 저명인사,
연예계 관계자들이 모여들던
긴자의 전설적인 클럽 '히메'의
안주인이기도 하다.

히메의 안주인으로서 무수히 많은 남자를 봐 온
그녀가 경험을 통해 깨달은
진짜 좋은 남자의 기준은 바로,

"목소리"

"목소리로 알 수 있죠.
목소리는 절대 속일 수가 없거든요."

통화를 해보면 금방 알 수 있다고 한다.
목소리만 들리니까.
대화내용은 상관없다.
아니, 몰라도 된다.
오로지, 그 사람의 목소리만 듣고도

마음이 편안해지는지 보면 된다.

편하게 느껴지는가?
목소리는 무엇보다 정확한 판단 기준인 것 같다.

 지금 이 순간, 당신은 누구의 목소리가 듣고 싶은가?
일단 전화를 걸어 보자. 어떤가? 마음이 편해졌는지...

인기 없는 사람의 맹점

지금부터 어떤 에피소드를 하나 소개할 텐데,
마지막에 당신이 어떻게 생각하느냐에 따라
인기도를 측정하는 테스트가 있다.

자, 당신은 신발 매장의 점원이다.
'왜 하필 구두 가게지?' 라고 생각한다면
이 시점에서 당신은 인기 빵점.

자, 그럼 시작해 볼까?
당신은 신발 매장의 점원이다.

손님이 한참 동안 신발을 신어보고 나서,
"이 거, 새 걸로 주세요."
라고 말했다.

당신의 기분은?

아마 화가 날 것이다.
그 다음은 어떤 생각을 할까?

이제 운명의 갈림길이다.

테스트한답시고 엄청나게 돌아다녔으면서
막상 살 때는, "새 것으로 주세요." 라고 한다면
서비스하는 쪽은 화가 날 것이다.

'똑같은 제품이잖아. 이게 어때서?
이걸로 가져가라고!'
라고 말하고 싶은 마음이 들 것이다.
하지만 인기 있는 사람,
능력 있는 영업사원은
이렇게 생각한다.

**"아, 그렇구나. 손님은 그렇게 생각하는구나.
앞으로는 이렇게 해야겠군!!"**

즉, 손님이
"이거 주세요." 라고 했을 때,

"잠깐만 기다리세요.
곧 새 것으로 가져오겠습니다."

라고 말하면, 손님이 흡족해 하겠는걸.
이런 식으로 손님을 기쁘게 하는 방법을 발견한다는 사실.
커뮤니케이션의 달인은,
화가 나는 순간의 이면에는 사람을 기쁘게 하는
기회도 함께 있음을 알고 있다.

막연히 어떻게 하면 손님을 즐겁게 해 줄까 고민해도
보통은 좋은 아이디어가 잘 떠오르지 않는다.

하지만 화가 났을 때,
거기에 상대를 기쁘게 해 줄 기회가 있음을 알고 있는
것만으로도 인생은 달라진다.

'어떻게 하면 상대가 기뻐할까?'는 나는 어떨 때
화가 나는가를 알면 보인다.
간다 마사노리 컨설턴트는 이렇게 말한다.
'무엇을 하고 싶은지 모르겠다면, 일단 하고 싶지 않은 일의
목록을 만들어 보라.' 반대쪽을 보면 이쪽이 명확히 보인다.

출전_「치명적인 브랜드를 만들라」 나카타니 아키히로

인생이 더 즐거워지는 마법의 단어

자정, 0시 집합.

며칠 전 친구 셋이서
산으로 장수풍뎅이를 잡으러 갔을 때의 일이다.

깜깜한 길을 셋이 걷고 있자니
왠지 두근거렸다.
그런데 갑자기 친구 녀석 하나가 개천에 빠졌다.
수풀에 가려 개천이 보이지 않았던 것이다.
하지만 그는 예상과 달리 이렇게 말했다.

"야, 이거 재밌어지는걸!"

"나중에 생각했을 때, 아무 일도 없었던 것보다 개천에 빠진 게 더 재미있을 거 아냐."

맞다, 그래 네 말이 옳구나!

 난처한 일이 생겼을 때,
당신도 일단은 이렇게 말해 보자.
"야, 이거 재밌어지는걸!"
이 친구는 어딜 가나 인기가 많다.

기쁨을 세 배로 만드는 방법

데이트 중에 있었던 일이다.

여자친구가 매장에서 팔던 액세서리를 마음에 들어 하며
내 의견을 물었다.

나는 "음, 잘 모르겠는데. 빨리 가자."
라고 재촉하며 매장에서 나왔다.

그리고 찻집에 들어갔다.

나는 "화장실 좀 다녀올게. 조금 오래 걸릴 거야."
라고 말하고 자리에서 일어났다.

그러니까 큰 거 말이다.

15분 후. 나는 다시 자리로 돌아왔다.
자, 이런 나. 과연 그녀에게 차였을까?

정답은, 그녀는 눈가가 촉촉해질 정도로

내게 감동하고 말았다.

그렇다.

화장실에 간다고 해놓고
아까 그 매장으로 전력 질주해
포장을 하고, 옷 속에 숨겨와서는
그녀 앞에 불쑥 내민 것이다.

매장에서는 무뚝뚝하게
"음, 잘 모르겠어.",
찻집에서는
"화장실 좀⋯".

'저 사람, 안 되겠어.'

나에 대한 기대치를 낮춰 놓고
마지막에 반전!

나는 이 작전을 이렇게 부른다.

기대치 down, 글썽글썽 작전.

 상대방의 기대치를 낮출 것. 그러면 몇 배의 효과를 얻을 수 있다.
기대치가 낮았다면 같은 선물이라도 더 기쁜 법이다.

인기 만점 할머니의 비밀

1500명이나 되는 팬을 거느린
인기 만점 할머니가 있었다.
고바야시 세이칸 박사에게 들은
정말 재미있는 할머니 이야기.
자, 어떤 할머니일까?
아무튼 그 할머니가 돌아가셨을 때,
1500명이나 되는 사람이 장례식장을 찾았다고 한다.

인구 3000명인 마을에서
1500명의 문상객이 온 것이다.

경이롭지 않은가.

과연 무엇이 그 사람들을 한자리에 모이게 했을까?

'할머니는 정치가였을까?'
아니다.
'마을의 유명인사였을까?'
아니다.
'아, 알았다. 소싯적 유명 연예인?'
아니다.
그녀는 초등학교 선생님이었던 평범한 할머니.

그럼에도 불구하고 인구의 절반인 1500명이나 되는 사람이
할머니의 장례식장을 찾은 것이다.

주민 두 명 중에 한 명에게
사랑받은 할머니.

자, 이 상황을 잠깐 상상해 보자.
정말 대단하지 않은가?

이 할머니는 무슨 일을 한 걸까?
특별히 눈에 띄는 삶을 살지는 않았다고 한다.

다만, 죽는 날까지

제자들의 가게에서만

물건을 샀다고.

집 근처에 할인점이나 슈퍼마켓이 생겨도
그곳에 가지 않고 비싸더라도
일부러 제자들이 경영하는 개인 상점을
이용했다고 한다.

"근처 슈퍼마켓에 가면 20%나 더 싸게 살 수 있는데.
일부러 먼 우리 가게까지 와 주셨습니다."

아마, 제자들은 무척 기뻤을 것이다.

자신이 입는 옷도 상표에 개의치 않고 제자들의
매장을 이용했다.

그녀에게 있어
돈을 쓴다는 것, 그리고 삶이란,

인연이 있었던 사람을 응원하는 것.
상대를 기쁘게 하는 것.

그것이 전부였던 것 같다.

인연이 있는 사람을 기쁘게 해주고 싶다는 마음으로
담담하고 평범한 삶을 살다 보니,
어느새 지역 인구의 절반이나 되는 사람이
그 할머니의 팬이 되어 있었다.
참으로 멋진 할머니 아닌가.

 누군가를 기쁘게 하는 것.
이것이 인생의 유일한 의미가 아닐까.

출전_「그래서, 뭐가 문제인가요?」 고바야시 세이칸

한마디 말로 팬을 만드는 방법

레이건 대통령이 남긴
전설의 명연설이 있다.

다시 읽어도 정말 명언이 아닐 수 없다.
대통령이 된 비결도 이 연설에 녹아 있으니
한마디도 놓치지 말고 읽기 바란다.

자, 그럼 시작해볼까.

아, 가능하면 화장실에 다녀와 숨을 가다듬고
읽기 바란다.
그만큼 멋진 명언이니까.

자, 레이건 대통령의 연설문이다.

"제가 어떻게 대통령이 될 수 있었는지,
그 비밀을 밝히려고 합니다.
사실, 저는 아홉 가지의 재능이 있습니다."

"우선 첫 번째가
한번 들으면 다시는 잊지 않는 탁월한 기억력.
두 번째가……,"

"음…… 그러니까, 그게 뭐였더라……."

어떤가?

이제 자기자랑을 늘어놓을 것처럼 해놓고
"음…… 그러니까, 그게 뭐였더라……." 하며
좌중을 폭소케 하는 유머 감각.

그야말로 대단히 환상적인 흐름이다.
이 겸허하면서도 매력적인 태도.

당신도 이 한마디에
그에 대한 호감이 생기지 않았는가.
단 한마디 말로 팬을 만들다니.
이야말로 명언이다.

사실 나는 알고 있었다.
그는 이 말이 하고 싶어
대통령이 되었다는 것을(죄송, 농담입니다.)

레이건 대통령,
참 멋지고 매력적인 남자다.

어느 봄날의 마법
·······················

봄을 앞둔 어느 화창한 날의 뉴욕.
남자의 눈에 한 노숙자가 들어왔다.

그 노숙자는 'I am blind.' 라고 쓰인 팻말을 목에 걸고
구걸을 하고 있었다.

"그렇군. 저 사람은 앞이 보이지 않는군······."

하지만 행인 중에
누구 하나 적선을 하는 사람은 없었다.
하나같이 스쳐 지날 뿐.

불쌍한 마음이 든 남자는 노숙자에게 다가가
그가 목에 걸고 있던 'I am blind.' 라는 글자를

고쳐 써 주고는 그곳을 떠났다.

얼마 후,
노숙자는 뭔가가 달라졌음을 느꼈다.

"이상하네……."

"이상해……."

지금까지 누구 하나 아는 척 해주는 사람이 없었는데,
그 남자가 다녀간 뒤로
지나가는 사람, 사람마다
한 푼 두 푼, 적선을 하는 게 아닌가.

구걸을 위한 그릇에는 동전이 넘쳐나고
사람들은 동정 어린 말도 건넸다.

그 남자가 행운을 주고 갔나?
그 남자는 마법사였을까?

사실, 그 남자는 'I am blind.' 라는 말을
이렇게 바꿔 썼다.

'Spring's coming soon.

But I can't see it.'

(곧 봄이 오겠지.

하지만 난 그것을 못 보네.)

 한마디 말로도 상대방을 미소 짓게 만들 수 있다
오늘, 당신은 소중한 사람에게 어떤 말을 해줄 것인가?
이 남자는 실존 인물이었다.
프랑스의 시인, 앙드레브르통.

출전_「사람과 돈이 모이는 40대 표현력」 나카지마 다카시

마지막으로 들려주고 싶은 이야기

이제 한 가지 에피소드만 남았군요.
마지막으로 당신에게 들려주고 싶은 이야기는
다음 페이지에 있습니다.

자, 심호흡을 세 번 하고
천천히 페이지를 넘기세요.

오늘이라는 날……

'그대가 헛되어 보낸 오늘은,
어제 죽어간 이가 그토록 살고 싶어하던
내일이다.'

오늘은 그런 날이다.

오늘, 이렇게 당신을
만날 수 있었음에 감사한다.

Enjoy your life! with smile

마지막으로 이 책에 실린 명언들을 소개해 준
인생의 달인들에게
다시 한 번 감사의 말씀을 전하고자 합니다.

저는 하나 하나 배우는 과정을 통해
지금이라는 순간을 더욱 즐길 줄 아는 사람이 되었습니다.

특히, 심리 카운슬러인 에토 노부유키 선생에게
결정적인 영향을 받았습니다.
반년 전, 에토 선생 밑에서 심리학을 배우면서

"행복은 '해지는 것' 이 아니라
'깨닫는 것'." 임을 알게 됐습니다.

즐거운 분위기에서 정말로 소중한 것을 배웠습니다.
그리고 업무와 관련해서는 누가 뭐래도 단연 간다 마사노리
선생입니다.

'사실, 일이란 것은 엄청나게 재미있다.' 는 것을
깨닫게 해주신 분이죠.
사실 이 책에 대한 아이디어도 간다 선생의 '마법의 문장 강좌'
시간에 마인드맵을 하면서 얻은 것입니다.
그때는, 설마⋯⋯이렇게 책으로 만들 수 있으리라고는
상상도 하지 못했습니다.

마지막으로 심리연구가인 고바야시 세이칸 선생을
빼놓을 수가 없겠죠!.
요즘에도 저서나 강연회 등을 통해,

'우주를 내 편으로 만드는 시각' 에 대해 배우고 있습니다.

이 책 곳곳에는 고바야시 선생에게 배운 내용이 들어 있습니다.
고바야시 선생의 가르침 없이는 이 책의 탄생도 없었을 겁니다.
고바야시 선생의 저서도 다수 출간되어 있는데,
모두 감탄을 자아내지만 처음 접하는 분들께는
《편하고 즐겁게 사는법楽に楽しく生きる》을 추천합니다.

그리고, 우연히도 이 책은 딸아이의 생일에 출간되었습니다.

마지막 감사는 지금, 내 눈앞에 있는,
당신에게 바칩니다.
마지막까지 읽어주셔서
진심으로 감사합니다.

매일 매일, 다양한 일들이 일어나는데

'어떻게 하면 이 상황을 즐길 수 있을까?'

그 관점을 발견하는 놀이가
인생, 그 자체인 것 같습니다.

지금부터 당신도 인생에서
이 놀이를 즐기시기 바랍니다.

Enjoy your life! with smile.

**인생은 살아 있다는 것만으로도
큰 선물이니까요!**

진짜 마지막으로 당신에게 선물이 있습니다.

과거는 영어로 'past'
미래는 영어로 'future'
그렇다면 '현재'는 무엇일까요?

'present' 라고 쓰고 선물이라고 읽습니다.
우리의 Present는 과거에는 없습니다.
그리고 미래에도 없습니다.

그렇다. 지금 현재가 선물인 것이다.
지금, 이 순간은 당신이 받은 선물이다.
그러므로 활짝 웃으며 기쁜 마음으로 받자.

이야기_고바야시 세이칸 강연회

히스이 고타로

카피라이터이자 작가. 일본 멘탈헬스협회의
에토 노부유키(衛藤信之)에게
심리학을 배우고 심리 카운슬러 자격 취득.
본업인 카피 라이팅 및 제작뿐 아니라,
인생을 바꾸는 명언집을 만들고 싶다는 마음으로
매일 매거진 독자 3만 명에게 명언 테라피를
무료 발행, 공유하고 있다.
대표작인 『10% 행복사과』는
디스커버 MESSAGE BOOK 대상에서
특별상을 수상했으며, 시리즈 통산 60만 부 이상의
베스트셀러를 기록했다.

김소연

전문 번역가. 한국외국어대학교 통역번역대학원과
동덕여자대학교에서 공부했으며
현재는 서울외국어대학원대학교 통역번역대학원에
출강하고 있다.

10% 행복사과

초판   1쇄 발행 _ 2015년 1월 5일

지은이 _ 히스이 고타로
옮긴이 _ 김소연
펴낸이 _ 함용태
펴낸곳 _ 인빅투스
등록 _ 2014년 2월 28일(제2014-123호)
주소 _ 서울시 강남구 언주로 165길 7-10(신사동 624-19) 우)135-895
주문 및 문의 전화 _ 02-3446-6206 / 02-3446-6208
팩스 _ 02-3446-6209
ISBN 979-11-952755-3-3   03800